SHORT CLASSICS
短经典精选

THE HILL BACHELORS

William Trevor

山区光棍

〔爱尔兰〕威廉·特雷弗 著　马爱农 译

人民文学出版社
PEOPLE'S LITERATURE PUBLISHING HOUSE

著作权合同登记号　图字 01-2020-4483

William Trevor
THE HILL BACHELORS

图书在版编目(CIP)数据

山区光棍/(爱尔兰)威廉·特雷弗著;马爱农译.
—北京:人民文学出版社,2022(2023.6 重印)
(短经典精选)
ISBN 978-7-02-014276-7

Ⅰ. ①山…　Ⅱ. ①威… ②马…　Ⅲ. ①短篇小说-小
说集-爱尔兰-现代　Ⅳ. ①I562.45

中国版本图书馆 CIP 数据核字(2021)第 240863 号

总 策 划　**黄育海**
责任编辑　**卜艳冰　欧雪勤**
封面设计　**好谢翔**

出版发行　**人民文学出版社**
社　　址　**北京市朝内大街 166 号**
邮政编码　**100705**

印　　制　**凸版艺彩(东莞)印刷有限公司**
经　　销　**全国新华书店等**

开　　本　**890 毫米×1240 毫米　1/32**
印　　张　**7.125**
字　　数　**146 千字**
版　　次　**2022 年 3 月北京第 1 版**
印　　次　**2023 年 6 月第 2 次印刷**

书　　号　**978-7-02-014276-7**
定　　价　**59.00 元**

SHORT CLASSICS

短经典精选

目 录

三人行

在斯奇勒家的台阶上，褐色的前门两旁是彩色玻璃，西德尼脱掉塑料雨衣，抖掉上面的雨水。他径自走进小小的门厅，顿了顿，用一条手帕擦去脸上的雨水，摁响里屋的门铃。他们愿意这样，西德尼有钥匙进入门厅，然后摁门铃宣告他的光临。如此他们便知道来者是谁：除他之外，没有人会摁响里屋的门铃。

“下午好，西德尼。”插销拔开，钥匙在单栓锁里转动，薇拉问候道，“还在下雨吗，西德尼？”

“是啊，越下越大了。”

“我们没往外看。”

厅里的灯亮着，除了大夏天，总是如此。

西德尼等着插销落回原处，钥匙在单栓锁里转动，然后他把透明塑料雨衣挂在厅里的木钉上。

“那个，浴室嘛，”薇拉说，“都准备好了。”

“你父亲——”

“噢，他挺好，西德尼。父亲正在休息。你知道的，下午嘛。”

“我本来想今天上午来的。”

“他也希望，西德尼。十一点左右。”

“今天上午真是够呛。”

“哦，没关系，对我个人来说。”

浴室里，涂料罐、刷子和涂料辊已经摆出来了，浴缸和洗脸池用旧窗帘罩着。还有聚乙烯腻子和石油溶剂，是上星期西德尼说需要的。这会儿他意识到不应该说石油溶剂，而应该说聚乙烯洗涤剂，后者洗刷子更管用。

“想先喝杯茶吗，西德尼?”薇拉问道，“要不要喝一杯再开始?”

薇拉颧骨突出，花白的头发染成了黑色。她不仅面容清癯，全身各处也都很消瘦；一条海军蓝裙子紧紧抱住骨感的臀部，单色的红羊毛衫像童装的尺寸，贴在几乎没有起伏的胸脯上。引人注目的是她那双褐色的大眼睛和感性的嘴唇，眼睛毫无表情，嘴唇或许是造物主的一个恶作剧，因为薇拉在其他方面似乎毫无感性可言。

“待会儿再喝茶吧，”西德尼迟疑地说，看了一眼薇拉，好像生怕冒犯了她，“如果可以的话。”

薇拉笑了笑，说当然可以。她说，有丹麦酥皮饼，一种加了杏子的丹麦酥皮饼，昨天买的，她要把它热一热。

“谢谢你，薇拉。”

“父亲来了，他醒了。”

选的颜色是睡帽色。西德尼把它倒进涂料辊的盘子，开始往天花板上刷，从中间开始，曾经有个涂料商店的人告诉过他这样刷最好。颜色看上去是白的，但他知道不是。干了以后就会变深。最后透出一种丝缎般的光泽，很适合浴室。

“铺瓷砖，”西德尼已经开始刷墙时，斯奇勒先生在门口说道，“也许应该铺瓷砖吧。”

斯奇勒先生清理东西——牙刷和剃须刀时，看到了洗脸盆和浴缸周围的瓷砖。有的地方瓷砖没铺好，他说。有的地方瓷砖可能有点松，有几块还裂了。乍一看注意不到，但如果慢慢地看、仔细地看，就会发现是裂的。而且浴缸周围的橡胶填料都褪色了。脏兮兮的，斯奇勒先生说。

“好的，我会搞好的。”

“不是应该铺好瓷砖再刷涂料吗？不是应该先铺瓷砖吗？”

西德尼知道老人说得对。确实应该先换瓷砖、填橡胶的，不然会搞得一团糟。一般都是那么做的。西德尼不是个行家，也没有装修过多少浴室，但觉得老爷子说得有道理。

“没关系，斯奇勒先生。瓷砖没多少，只需要换两三块。”

他想趁木结构上的底层涂料没干的时候，把新瓷砖塞进去。割掉多余的填料，然后再挤进一些，这活儿不好把握，他不喜欢。以前只干过一次，是厨房的洗涤池后面。他搞定之后再去给木结构上釉。

“你真是个好人，西德尼。”

他干了一下午。薇拉端来丹麦酥皮饼和茶，以及两种不同的饼干，她没有在这儿逗留，因为他正忙着。西德尼干活是不拿钱的，他干别的活也都是这样——俱乐部里的杂事、投递传单，或在大街上派发传单，需要什么就做什么。无论什么活儿他都能干好。他需要的不多，因为不用付房租，不缺食物，煮饭用的煤气也够。电不花钱，衣服是旧货店里淘的。

他们让他住在俱乐部楼上，那里有一间屋子。晚上，他在亭子里收门票钱，埃菲和哈利在门口守着。白天，他清理前夜留下的狼藉，记录电话留言。俱乐部里的所有设施由他随便使用，对此他很感激。西德尼今年三十四岁了，三十四岁零一个星期零两天。他第一次帮助薇拉时刚满二十岁。

在斯奇勒先生家里，他们从来不提这个。他们从来不谈论那段令薇拉和斯奇勒先生不堪回首的时光。但是，当西德尼不在那个家里，当他独自一人在俱乐部楼上他的房间里时，他会跟自己念叨。“铠甲闪亮。”他一遍遍说，因为当时的报纸上写着；如果他想看，报纸上仍然写着。《铠甲闪亮的骑士》，占了整整一版。有时，他想哄自己入眠，便躺在那里擦铠甲，一片一片地摆出来，展开碎布，拿出擦洗剂和抛光剂。

“西德尼，今晚留下来一起吃晚饭吧?”够吃的，薇拉告诉他。再加一杯米就行了，她念出这个星期六的菜单：她特制的鸡肉、她拿手的沙拉、烤糕饼和一点点奶油。然后看电视剧《急症室》，八点零五分开始。

这是一种请求，偶尔西德尼在家待到这么晚时会提出来。薇拉邀请他留下来陪伴他们，西德尼发现自己在思忖；薇拉希望家里除了老父亲外还有一个人。如果他上午不来，薇拉肯定会很高兴，因为上午来了就会早早地把活干完，等不到吃晚饭，而留下来吃午饭的性质完全不同。

"我该走了。"

"哦，留下来陪陪我们吧。"

于是西德尼留下来了。他陪斯奇勒先生坐在客厅里，那里放着一盘开胃点心，是薇拉买的椒盐小卷饼。没有搭配饮料。斯奇勒先生谈起了他小的时候。

"那一大片玫瑰花都被刮倒了，"西德尼插嘴道，此刻他已站在窗前，"起大风了。"

斯奇勒先生过来看了看，难过地摇摇头。"也许根还在土里，"他说，"也许还有几棵能挺过来。"

西德尼穿过厨房走向花园。"不。"三个人坐下吃饭时他说，刮倒时根都折断了。这消息令斯奇勒先生伤心，想起了玫瑰花刚种下的时候，薇拉还是个孩子。这辈子不会再看到另一片玫瑰花在花园里长到这么大了，他预言道。他责怪自己，但薇拉说别这样，西德尼指出即使玫瑰也有完结的时候。

在薇拉特制的鸡肉和她拿手的沙拉之后，是加了无籽葡萄的烤糕饼，然后他们站在浴室门口，审视西德尼干的活儿。浴室焕然一新，斯奇勒先生说，他看到这情形非常高兴。浴室跟房子刚建成的那天一模一样。除了地板上的油地毡，那在一九五一年就有了，斯奇勒先生掐指算道。

"再铺一层漂亮的新乙烯基。"斯奇勒先生提议，薇拉说其实没多大必要。两又四分之三米长，一米宽。她今天上午量过了。"你来铺吧，西德尼？"斯奇勒先生问道，"你帮我们铺吧？"

他们知道他会的。如果薇拉挑选她想要的材料，拿回家来，他会铺的。他给斯奇勒先生的小卧室铺踢脚板时还剩了一些胶。起风的天气，冷风从地板缝儿里钻上来，而那间卧室是在一楼。自从西德尼把乙烯基裁割了贴在踢脚板上之后，就没有问题了，只是斯奇勒先生一直没能习惯那种颜色，是橘黄的大理石色调。

“作为浴室，”他此刻声明自己的喜好，“颜色还是浅一点好，是不是？”

跟睡帽色相配，薇拉赞同道。甚至是白色，跟浴缸、洗脸池和瓷砖相配。薇拉凹陷的面颊上悄悄泛起了红晕，西德尼——非常熟悉薇拉——知道前面还有那件值得期待的好事儿：挑选地板材料，重量适合浴室用的，颜色跟涂料或瓷器相配。

“你可以再等一分钟吗，西德尼？”薇拉说完立刻走开了，回来时拿着一张从玉米片包装袋上撕下来的卡片。“你帮我把涂料涂在上面好吗，西德尼？”她请求道，西德尼照办了，再次把刷子洗干净。当时他切割橘黄色乙烯基铺卧室时，那把斯坦利工艺刀滑了一下；他不得不缝了三针，还打了破伤风针。

“医院的节目要开始了。”斯奇勒先生提醒薇拉，薇拉看到西德尼摇头，大为失望。这个星期六不行，他解释说，因为他要在俱乐部值早班。

“你来了真好，西德尼。”薇拉在门厅里小声说，她每次说这话时都轻言细语。她比西德尼大，四十一了；西德尼第一次帮她时，她二十七，那时她正遭遇着不幸。

“没什么。”他说完就走了，这是他一成不变的告别辞。

*

最后他们把薇拉带进去了，因为不相信她的话，她说她在电影院的时候有人闯进了家里。他们起初是相信的，认为一切都对得上号——厨房的窗户被撞开了，滴水板上有泥巴印，门口也有，鞋子是在那儿脱掉的。四十八镑九便士不翼而飞，同时失踪的还有一些勋章和一个银质纽扣匣。薇拉回到家时，门厅和门廊的门都大敞着；斯奇勒先生那些日子被一家电器行雇去，还没有下班。他们把薇拉带走，因为觉得从厨房窗户闯入的说法有点不对头，而且外面小路上没有干泥巴印，窗台上也没有；只拿走一个纽扣匣和一些勋章，对四处摆放的其他小玩意碰也没碰，这也不大合理；还有，没有人记得薇拉在电影院里。后来在花园里，一条狗嗅出了一只已在花园烧掉的手套的残片，还嗅出了跟楼上房间里找到的衣物相匹配的羊毛。那双手套又旧又破，却还要被烧掉，令人感到蹊跷。

所有这些在西德尼的脑海里闪过，平常他离开这座房子时也是这样。现在到俱乐部去值星期六的班还来得及，所以他不慌不忙。在室内待了一下午，此刻他感觉空气清新宜人。大风刮走了雨，呼呼地扫过光秃秃的树木，掀起一个垃圾桶的盖子，把门前小花园里的塑料花盆吹得东倒西歪。他会一直往前走，如果雨又下起来，就乘公共汽车。

“过来，安格斯！安格斯！”一个女人唤她的狗，一条波美拉尼亚狗。“风真大！”她喊着走了过去，西德尼说风确实够大的。他认识这个女人，在这条路上遇见过她和她的狗。她一天出来好几次。

西德尼走过光线昏暗的郊区街道和新月形的住宅区，枯叶散落在人行道上，或被风吹得堆积在墙角，他想起了薇拉的那张照片，大嘴唇微微开启，头发——当时还是金色的——几乎垂到肩膀上，一双眼睛天真、可爱。他看见那张照片时薇拉还在拘留中，是她的律师而不是她请求看见她进出电影院的人出来作证。

西德尼走过大街小巷，两边是关了门的店铺和小市场，牙医和手足病医生的广告，瑞基纳外卖店，拐角处的女王兵器餐厅，裘·卡罗尔彩票销售点。然后是一片安静的地区，那辆黄色的宿营车仍停在花园里，那片还算不上一个公园的空地，孤零零的小径上沾着潮乎乎的落叶。那场电影是《霹雳神探2》。他一见海报就跑去看了，所以知道情节。

在公共汽车上，西德尼很想睡觉，因为昨天是星期五，他值夜班。但他没有睡，他不愿意在公共汽车上睡觉。有一次他睡过了站，不得不多补了票，后来再没发生过这样的事。某种对补票的担心能把他唤醒，现在他总能提前一站醒来，但尽管如此，他还是宁愿不睡。不过他闭上了眼睛，因为想重新进入自己的思绪，把事情再过一遍，确保一切还在原处：去过斯奇勒家之后他一般都会这么做。“当时卖冰淇淋的姑娘走来走去，”他说，每个字都被记录了下来，“灯都亮着。”

他解释说，他本来没必要坐在她边上的，但他坐了。他想坐，他一看见她的头发就想过去，他顺着那排座位望过去，看见她的嘴唇那样蠕动，在吮吸着什么，也许是一颗糖，也许是巧克力，他就立刻想去套近乎。“你有这种习惯吗，西德尼？”警察的小队长问。是啊，以前有过一两次，他说，碰到模样中意的女人。

公共汽车又靠站了，三个人下车，两个男人，一个姑娘，男人比较苍老，似乎其中一个是姑娘的父亲。“你有把握吗，西德尼？”小队长追问，他说卖冰淇淋的姑娘不慌不忙，灯亮了足足五分钟，其实并没有人向她买东西。后来的事也毫无疑问。他不可能没把握，他说。“确定无疑，”他说，“对，没错。”这时另一个人进来，把同样的问题又问了一遍。“西德尼，你能告诉我们她当时穿的什么衣服吗？别着急，孩子。”报纸上提到衣服，他记得清清楚楚，因为已经背熟。

到了俱乐部，里面一片漆黑，他一进门就把灯打开了。他今天上午打扫了卫生，总是在这个时间打扫。一切就绪。埃菲和哈利来了，他煮了他们喜欢的麦斯威尔咖啡，然后他们就坐在那里，喝咖啡，抽烟。明天他就回去，西德尼对自己说，整理那些被风刮倒的玫瑰。

*

一座教堂敲响了星期天早祷的钟声，薇拉从厨房窗口扫了一眼，看见了他，正在剪掉被风吹倒的大片玫瑰花丛。一股暖流在薇拉心头涌起，向她的肩膀和大腿蔓延，在她的四肢里轻轻搏动。这是薇拉激情的暖流，是她血液中的热量，总是由这不经意的一瞥而激发。他昨天就来帮忙。今天为什么又来？被风刮倒的玫瑰花丛可以等等再说嘛。

“西德尼来了。”她父亲说，也朝外看了看，“二十五年了，那片玫瑰花。跟树一样高了，如今又要从头种起。”

“哦，它遭殃我倒不难过。它把花园的光线都挡住了。西德尼，你想喝点咖啡吗?”薇拉在后门口喊道，西德尼挥挥手，说等一会儿。

“西德尼戴着园艺手套吗?”斯奇勒先生大惊小怪地说，“对付玫瑰花得戴手套啊。”

“西德尼知道。”

有一次在花园里干活，锯旧木板，一根刺扎进拇指的指甲下面，是薇拉给处理的：西德尼的手平摊在厨房的操作台上，薇拉专门拿来了一盏灯、一根用火柴消毒过的针、杀菌剂和镊子。她在夜半时分的幻想中曾安慰过西德尼，对他喃喃低语，请他跟她说话。有时，他周末干了一上午的活儿，她就早早地把加热器打开，想着他也许愿意在离开前洗个澡。那次他把手割伤，她用压脉带给他止了血。

“弄好了，西德尼，”薇拉在后门口喊道，“咖啡。”

斯奇勒先生意识到了空气里的异样。他的思绪反映了薇拉的想法：草地上那片扭曲的花枝虽然难看，但完全可以放一星期再说。这是西德尼在找借口，斯奇勒先生告诉自己，使他有理由这么快就回来。他把热牛奶倒进麦麸片里，用勺子搅拌，把麦麸片泡软，因为他不喜欢吃脆的。难道，星期天的求婚终于来了？他注视着炉子旁的薇拉。薇拉想起自己还穿着毛绒拖鞋，赶紧跑开去换。玻璃碟子在牛奶托盘里嗒嗒作响，斯奇勒先生起身去扶。他不可能永远活着；他七十八岁了，每一天的时间都是借来的。一个孤零零的女人，日子将如何打发呢？

斯奇勒先生把托盘挪到煤气炉口的一边，暗自承认他去世后薇拉将举目无亲。跟朋友们一块儿出去——当时朋友还不少呢——已是那桩麻烦出现之前的事了。薇拉的余生将是孤苦伶仃：他明白这点，虽然这个话题从未被提及。他明白，她也许会偶尔交上桃花运，但紧接着她新结识的那个朋友就会改变主意，虽然她当年是无罪释放的。事情就是这样，斯奇勒先生知道，并知道薇拉自己也想明白了。西德尼跟别人不同，他是主动帮忙，从某种意义上说，后来一直主动帮忙，一直是薇拉的好朋友，而当年他实际上是一个救命恩人：照斯奇勒先生的观点，这个词用得并不过分。他这种观点是慢慢形成的，鉴于当时那种情况，对一位父亲来说这也是正常的。

“西德尼真是热心肠。就因为玫瑰花被刮倒了。”

“是啊。”

薇拉说话时点点头，给她的话增加一点强调的语气。父亲只知道别人所知道的，没有更多。他在平常那个时间回来，六点半多一点。他看见白色的警车停在门外，心里一阵发慌，然后穿过门厅进屋。“你坐下吧。”她说，把事情告诉了他，警察给他端来了茶。“这不可能。”他不停地说。后来，她把腌鱼放在袋子里煮，但谁都不想吃。她叠起轮椅，放在楼梯下面的储藏间里，不愿再看。一个月后，事情渐渐平息下来，她想，最好把轮椅从家里弄出去，他们把它卖了个好价钱。

“你要抓住机会，薇拉。”

她知道父亲是什么意思，但西德尼不会求婚，今天早晨不会，其他时间也不会，因为婚姻是不可能的，从来都不可能。盗贼怎么也没想到屋里有人，他当时观察这座房子时，只看见两个人出出进进。警察解释着案情，盗贼总是先在一个地方踩点，他们解释说，而不是冒冒失失地破门而入。那个坏蛋知道她父亲从早上八点一刻就一直在外面，还可能跟踪她到电影院，亲眼看见她走了进去。电影院、葬礼、婚礼，都是入室行窃者最喜欢的。后来警察改变主意，突然关注另一条线索时，父亲不住地喃喃自语：“哦，不，太荒唐了。”他一直认为他们这种毫无根据的探究很荒唐，这是他的原话。他一直相信案子会不了了之，因为根本不合情理。

“你知道我在说什么吗，薇拉？抓住机会。”

她点点头。她因为西德尼来了而换掉拖鞋，并决定把土褐色的星期天裙装换成那件犬牙格子花纹的。她站在落地大衣柜的镜子前，以前她也经常这么做。过去她愿意自己模样漂亮，现在依然如此。有时候在超市或大街上，有男人会盯着她看。西德尼也是，在他以为她不注意的时候。她把牛奶又热了热，准备再煮一些咖啡。

“你想来个鸡蛋吗，西德尼？”西德尼进来时，她问道，“荷包蛋？或者炒鸡蛋？”

“不，真的不用了。谢谢你，薇拉。”风太大了，不能冒险烧那些玫瑰花枝，他说，但他把它们都剪下来了，哪天没风就可以烧。

他头发里粘了一片叶子，薇拉让他注意到了这点。“你就坐下吧。”

“一杯咖啡就行了，薇拉。”

那天早晨，西德尼六点半醒来，天刚蒙蒙亮。昨天夜里俱乐部里特别不省心，但他还是立刻就想到薇拉，一般来说这总是他脑海中最先想到的。昨夜，哈利和埃菲不得不把那些开始打架的年轻人拉开，其中一个还拿着刀子。后来，过了两点钟，一个以前没来过俱乐部的姑娘突然虚脱了。虽然有这些惊心动魄的事情，今天早晨他醒来首先想到的还是薇拉，想到她当年满头金发时的面容。那时她的脸有点肉嘟嘟的，他第一次看见那张照片时想到的是柔软，照片是登在某人落在俱乐部的那份《标准晚报》上的。薇拉现在瘦了也没关系，她的头发变了颜色也没关系。薇拉还是薇拉，不可能不是。

“干了之后的颜色很漂亮，”斯奇勒先生说，“我说的是浴室。”

“还有半罐留着修改润色。”咖啡杯在西德尼冰冷的手里热乎乎的。他喜欢那条裙子。他真想看到它叠起来放在椅子上，薇拉穿着衬裙站着，羊毛衫没脱。羊毛衫的扣子在顶部一侧肩膀上，一溜儿四颗红纽扣，跟羊毛的颜色相配。照片上的薇拉穿的是夹克，衬衫上有白点点。一位有爱心的姐姐，报纸上说。

“新闻上说什么了吗，西德尼？”

他摇摇头，无法回答这个问题，因为今天早晨他没开收音机。一支探险队登上了山顶，薇拉说。

“俱乐部里昨晚可真够呛。”西德尼说，把详情告诉了他们。俱乐部关门的时候，他不得不把抽水马桶里的灯泡和易拉罐掏出来，但他没提这个。那个虚脱的姑娘是吃了迷幻药，救护车上的人说。吃了迷幻药后的虚脱是能看出来的，现在他们已经见怪不怪了。西德尼不知道那是什么东西。

“失控了，”斯奇勒先生听了评论道，“整个世界都失控了。”

“可能是出汗的问题。人有不同的出汗方式，救护车上的一个男人告诉过我。根据吃的东西不同。”

那一击几乎没有留下伤口。是在脖子上，报纸上说，脖子一侧，差不多像是挨了一巴掌。入室的盗贼失去了理性。他走进一间屋子，以为里面没人，却看见一个坐在轮椅里的人影。他肯定立刻会被看见，其实他不知道对方是不可能描述他的模样的。也许他打那一下只为了吓唬对方；也许他说如果对方敢揭发他就回来算账。那间屋子现在空了，连床都搬走了；两年前，西德尼用缎光乳胶漆——浅果子露色的乳胶漆——涂去了花卉图案的墙纸，还做了些光泽相配的木工活。

“我最讨厌叫救护车来了。”他说。

在这个世界上，上帝没有再造出另一个这样温柔的男人了：薇拉经常这样想，现在也这样想。他说到救护车开来接走那个嗑药的姑娘时，声音是温柔的，他捧住咖啡杯的双手是温柔的。“缺一两条笔录，”警察告诉她有个男人出来作证时这样说道，“但他的陈述非常清楚。”

她在法庭上第一次见到他时，他身上那件破旧的夹克衫需要补补了。是的，他说的是实话，当提问到她并让她说话时，她表示了肯定。

“在那个酒吧里什么人都能看到，西德尼。”她父亲说。

当她获得自由回到家中时，父亲一开始不看她。后来他看她了，她看出他心里在想：一个根本不认识她的人——她连他的脸都没看清，竟然就在漆黑的电影院里朝她伸出手去，而她竟然默许了。凭她的长相，什么人得不到啊：这一点父亲也没有说出来。

“是啊，来俱乐部的人很多。不过星期一总是比较清闲。星期一没多少事。”

她知道他会来拜访。在法庭上她就知道，知道他这个人，知道他眼睛里的怜悯。差不多一年过去了，她仍然猜想某一天打开门廊的门，会发现他在那里，后来他果然来了。他来的时候知道她父亲出门上班了。他站在那里，张口结舌，她说进来吧。“我没法面对他。”她告诉父亲时，父亲这么说，可是最后也接受了，因为欠他的太多；现在父亲在等他求婚。一步一步，时间磨掉了父亲可能会有的任何成见。

“你尝尝那种新做的饼干，西德尼。”她把盘子推给他，然后给他把咖啡杯倒满。比带果皮的饼干好吃，她说。

“我又碰到那个带狗的女人了。昨天晚上。”

他们不知道那个女人是谁。肯定住在绿地的另一边，她以前提到时，父亲曾说。父亲自己散步喜欢走另一条路，从没碰到过她。

“你觉得我们要再栽一片玫瑰吗，西德尼？”她父亲问。

“现在这样空荡荡的，会显得比较扎眼。”

“我就知道可能会这样。”

斯奇勒先生亲自去看，在后门旁的棚屋里换鞋子。他第一次面对西德尼时，一直看着自己的双手，无法将目光挪开。他不断地想到薇拉小的时候，那时她母亲还活着，莫娜已经不能出门了。薇拉总是出去等他，顺着花园的小路跑过去迎他回家，他把她举得高高的，逗她咯咯大笑，而可怜的莫娜一辈子都不可能这样。他第一次面对西德尼时，不得不走出门去透透气，就站在此刻站的地方，靠近那片玫瑰花丛。那天下午，薇拉撇下莫娜一个人在家也没什么不对。自从她们的母亲死后，他总是对薇拉说不能整天被囚在家里。不管是什么情况，妹妹都不应该让姐姐成为囚徒，绝不应该这样。买东西不能不出去；在电影院里待上一个小时，谁也不能说什么。然而，在面对西德尼的第一天，他想，为什么偏偏是这个样子：可怜的莫娜脑袋歪到一边，好像断了脖子似的，而漆黑的电影院里却在发生那种事情？

“出了那样的麻烦，真让人遗憾。”薇拉在厨房里说，指的是俱乐部里的斗殴和那个救护车来接走的姑娘。

“星期六就免不了发生这样的事。”西德尼说他也不知道为何如此。星期四或星期五俱乐部里的人经常也是满的。“我喜欢星期天。”他很突然地说，似乎第一次意识到这点。“俱乐部附近有教堂的铃铛在响。啊，声音传得真远。得有一英里远呢。”

薇拉每个星期天傍晚去教堂，一家浸信会教堂，其实任何教堂都行。她双膝跪地，说出自己的忏悔，觉得在教堂里跟其他人在一起时说出来更好。后来，她猜测他们如果知道会怎么想，那些人在得到慰藉之后脸上仍然带着笃信。跪着的时候，她强迫自己把事情从头到尾想一遍，不允许任何借口。她集中精力去想母亲死后的那段日子多么漫长，那样的生活多么可怕，留下她们俩，整天洗洗刷刷，穿衣服，把妹妹从轮椅上搬下来，喂饭，默默地凝视。所有这些，薇拉祈祷的时候都尽量不去想。“你想罢手了?”有一次一个男孩说，她十四岁那年在游乐场听见的。“你看看那个妹妹。”后来，轮椅依然被推出推进，不再有人来求爱。再后来，有了马路上的眼泪和抗议，轮椅被遗弃了，甚至不再推进花园，因为那也会引来痛苦：莫娜被放到了楼上。“薇拉，带你的朋友上去。”父亲却浑然不觉，有一次这样提议：一个饱受折磨的妹妹应该看看家里来的客人。薇拉跪在地上——跪得很标准，不是向前趴着身子，她强迫自己注视着那个人影——那是她自己，注视着她伸直巴掌往旁边一挥，隐约听见咔吧一声，那个脑袋也耷拉到旁边去了。

“风小了。你留下吃午饭吧，西德尼?可以把火生起来，好吗?”

在法庭里，人们盯着他们俩。法官又问了一遍，她又肯定了一遍。“是的，是那样的。”她承认道，因为一个素不相识的男人想要她这么说：在电影放映的那段时间里，他们是情侣。

“我要去生火。”他说，他从窗口离开时，她看见了父亲，站在玫瑰花丛清理后留下的那片空地上。他的信念保护了他们，使他们扮演各自的角色，一切都秘而不宣。父亲入土之后，他的灵魂会不会回来告诉她，他的死是对一次攻守同盟的惩罚?

“羊腰子肉。”薇拉说着，把它从冰箱里拿出来，外面包着一层网状的板油，确保它烤起来肉质鲜嫩。萝卜也要烤，还有土豆，因为那是西德尼最喜欢的。

"我把火柴落在俱乐部了。"

她从碗柜里拿火柴，打开跟她脑袋一样高的柜门，把手伸进去。商标上写着"厨用火柴"。她把火柴递给他，他们的手指没有碰到。花园里，父亲未曾动弹，仍然站在玫瑰花丛原来所在的地方。他很虚弱，忍受着年老带来的病痛。他比以前更经常地念叨来日无多。

"我这就走吧。"西德尼说。

会有一场葬礼，跟她母亲的没什么两样，但跟莫娜的不同。他们的时间也是借来的，他们的惩罚更加可怕，因为他们知道它的存在：不需要一个灵魂来说明。

她把油抹在切好的萝卜上，给已经洗净晾干的土豆裹上面粉。西德尼喜欢吃脆脆的烤土豆。薇拉有时候想，她并不知道他喜欢什么不喜欢什么，但这也没什么。他会站在葬礼上，她也会，其他人把他们隔开。真相还原了，但别人谁也不知道。

"现在冷了。"父亲走进来时说。风转了方向，风止住时留下一股寒意。

他站在煤气炉边取暖，揉搓着手指。没有他的存在，将没有理由扮演那些角色，没有理由沉浸于骗局之中。他们黑暗的秘密将会被照亮，以及他们因互相怜悯而产生的爱意：所有这些将会填满楼上那间空荡荡的屋子，填满房子的每个角落。但是薇拉也知道，没有了父亲，他们会让对方感到害怕。

教　士

他与外界失去了联系，并经常感受到这点：与时代和时代所发生的一切失去了联系，与变化中的两代人失去了联系，与自己的国家以及它的新面貌失去了联系。他知道，如果到爱尔兰之外游历——他从未这么做过，会发现到处都有这样的新生事物，如今的人们按照新的、他们更喜欢的规则来生活；但他想到的是爱尔兰，旧的外壳，新的种子。他经常纳闷那新东西会是什么。

“艾尼斯莫拉克教长府宅，格拉坦·菲茨莫里斯牧师”，给他的信上这么写着，再加上离那儿最近的镇名和县名。他那三个爱尔兰教的教区多年前就合并了，位于山区牧场的一个峡谷里，三座小小的教堂，其中一座如今已无人光顾，它们都像他的府宅、他的生活一样，遥远偏僻。

最近的那座小镇在十三英里之外，那里山坡变成了平原，那条横贯艾尼斯莫拉克教区的河上架了一座桥。去教长府宅要从杜南十字路口走卡洛山口的那条路，过壳牌加油站三英里再往右拐。几分钟后，就能看见那座“圣母圣天”大天主教堂孤零零地、非常壮观地立于路旁，虽然历经六十个春秋，看上去仍像新的一样。在下一座山的山脊上，便是艾尼斯莫拉克教长府宅的大门了，那条长长的、弯弯曲曲的林荫路多年前就杂草丛生。

这里遍地都是花岗岩，就连在峡谷的牧场里，花岗岩也随处可见。格拉坦·菲茨莫里斯的外貌也跟这种坚不可破的灰石头一样，瘦削、修长，他属于这个地方，从这里来，并选择回到这里。他还选择了独身。曾经有一个时候，宽敞的教长府宅里人丁兴旺；如今这里只有他自己的脚步声在回响，还有布拉德肖太太早上来时后门的门栓声、他那条巡回犬的哈欠声和他打开收音机时的广播声。空荡荡的，所有的声音都响两次，因为回音增添了更多活力的假象，似乎它出于同情，愿意提供陪伴。

还有回忆也来做伴：记忆中那个在这里生活的家庭，是格拉坦的亲人，父亲是艾尼斯莫拉克教长，也就是他的前任，母亲给房间贴墙纸，给地板着色，把房子弄得焕然一新，家里还有几个姐姐。教长府宅一直是他的家，是他童年时的力量，他期待这力量能继续存在。变故发生在他出生之前，家人仍然躲不开革命和内战。曾经坚不可摧的地产被夷为平地，人们走了，烧毁的房屋成为纪念他们的碑石。教长府宅幸免于难，因为在爱尔兰，教士总要有其安身之地：三十年代，襁褓中的民族被哺育成长时，艾尼斯莫拉克那些高大的房间里倒也总是收支平衡，冬天总有冻疮，总能从菲尼特桥的屠夫那儿买到便宜的肉，总是在星期六的寂静中编写布道文。还在孩提时代，格拉坦就想在这个教区里步父亲的后尘。

父亲死于一九五七年，母亲也是那年去世的。那时艾尼斯莫拉克教堂的会众已经减少，菲尼特桥附近的小教堂多年不用，县里其他偏远郊区也是一片愁云惨雾。曾经支撑他们的大户人家继续落魄；逃亡的家庭再也没有回来；老百姓从农庄和庄稼地迁走，从教区各处迁走，造成了流失。“还会越来越糟，”格拉坦的父亲去世前几个星期说，“你意识到还会越来越糟吗?”这是意料之中的，他说，动乱会带来更多较为平静的动乱。他被派来建立新教的基础，即“爱尔兰教会”，但很久以前他就觉得这个名头过于厚重，简直令人感到可笑了。“我们都是剩余物。”格拉坦的父亲说。

竟然成了剩余物，这真是一种讽刺，以前那些新教信徒——沃尔夫·托恩、托马斯·戴维斯、亿迈特·帕内尔，还有亨利·格拉坦（格拉坦就是取了他的名字）——都在不同的时代，以他们不同的方式，充当过爱尔兰的灵感，格拉坦知道，新教的诞生是爱尔兰应得的权益，无论它最后是什么结局。然而这话一点不错：他们是剩余物。爱尔兰教堂的布告牌仍然竖立在老教堂的门边，黑底子上金色的字母，写着举办仪式的具体安排，然而，教堂内部的萧条似乎是一件再自然不过的事。从近乎镇压的状态下崛起，罗马大教堂继承了整个爱尔兰。

格拉坦年老后做过一个梦，梦见自己骑马离开艾尼斯莫拉克教长府宅，在教堂拥挤的条凳间慢慢走向一个圣坛。他经常做这个梦，他知道之所以这样，是因为记忆在他的脑海中从未远去。他还知道，那些篇章再也不会重翻回去，当往昔还是当下的时候，那些不足和缺憾、不公和痛苦曾令人不安。他自己的几座小教堂日渐萧条，而路边那座“圣母圣天”大教堂却繁荣兴旺，对此他丝毫不感到怨恨。那座教堂有圣母的神龛，山坡上还有新修的墓地，道边和门口排着长长的车队，都是来参加星期天弥撒的，教堂里有麦克帕特兰神父和利黑神父，还有捐给非洲异教徒的丰厚善款。麦克帕特兰神父和利黑神父在教堂里称赞、庆祝、赦免、传福音、表示感谢。教民们全心全意的信仰、归宿感和相互间的联系，滋养了麦克帕特兰神父的红脸膛和利黑神父脸上波澜不惊的笑容——至少在格拉坦看来是这样。

*

一个名叫康·托南的男人，在拖拉机事故中废了一条胳膊，因为身体残缺，不能受雇干农活，而那曾是他生活的来源。失业一年之后，格拉坦收下了他。在艾尼斯莫拉克教长府宅的花园里干活，只能拿到非常微薄的工钱。康·托南那时候还年轻，对园艺一窍不通，但总是骑车六英里赶到艾尼斯莫拉克教长府宅，尽其所能，解放那些被窒息的灌木，恢复已然所剩无几的花圃，这也就构成了他每星期三次的上工模式。布拉德肖太太是格拉坦在哥伦诺的一个教徒，在康·托南刚开始摸到园艺的门道时，她也来教长府宅干活了。每星期两次开一辆破旧的小沃尔沃从哥伦诺过来，是一个热心肠、有责任心的女人。

这就是艾尼斯莫拉克的家庭结构，布拉德肖太太的工钱也少得可怜，她每星期二和星期四过来，这对她来说其实是在行善，就像格拉坦雇佣一个独臂人一样。有时，康·托南带他的一个孩子过来，他虽然缺一条胳膊，却能熟练地让孩子坐在自行车横梁上保持平衡。

一晃康·托南到教长府宅干活二十八年了，然后，有一年快到冬天的时候，他觉得再也受不了这样来回赶路了。“唉，我已经老得不中用了。”他宣告自己的打算时，只说了这么一句。也许他的养老金拿到了，布拉德肖太太猜测，但格拉坦知道不是。他知道康·托南也像他一样老了，因为他也时时感到疲倦。

布拉德肖太太年轻一些，胖乎乎的，很体面，她了解外面的世界，享受着它的便利，同时也探索着它的极限。星期二和星期四，她和格拉坦经常坐在厨房的桌旁，用她知道的一些新鲜事，交换格拉坦当天早晨在广播里听到的新闻，她自己是很少开收音机的。

他感觉到布拉德肖太太对自己的喜欢——他是一个老人，是当地的一个传说，这是因为他长久以来已成为这里的一部分——他有时候问她，是不是有人说他已经过时；是不是有人说他能力低下、不称职，说他在合并的教区里不能有效地发挥教会的影响力？他总是得到令他宽心的安慰。没有人愿意他离开，没有人愿意某个年轻聪明的堂区神父每两个星期天从镇上来一次，幻想着使这里焕发生机。

*

“菲茨莫里斯先生，”一九九七年初夏的一天，一个红脸蛋、红头发的年轻人来到教长府宅，说道，“我父亲死了。”

格拉坦认出了男孩骑的自行车，是以往经常在教长府宅的林荫道上蹬来蹬去的那辆旧拉奇大车。他已经多年没有看见康·托南的孩子了，因为他们一个个变得太重，不能坐在父亲自行车的横梁上了。

“哦，西莫斯，我很难过。进来吧，进来吧。”

他的老园丁死于中风，谢天谢地，没遭什么罪。男孩口齿清晰，语速很慢，但把这个沉痛的消息传达得很清楚。

“他一天都没说话，菲茨莫里斯先生。然后就结束了。”是他母亲派他过来的，格拉坦很感动，他们竟然还记得他。葬礼星期一举行。

“我肯定会去的，西莫斯。”

他沏了茶，端出饼干。他问西莫斯想不想吃个煮鸡蛋，西莫斯说不用了。他们聊了一会儿，后来他倒的茶凉了，被喝下去。西莫斯在给凯利兄弟打工，他们正在菲尼特桥那儿盖两座平房。

“你一切都好吧，菲茨莫里斯先生？”年轻人跨上车前问道，现在这辆车归他了。这辆车已经传到了第三代，当初也是这样传给他父亲的。

“啊，我很好，西莫斯，我很好。”

“那我走了。”

第二天早晨，布拉德肖太太带来了同样的消息。一个体面、安静的男人，她说，在康·托南活着的时候她可没这么说。一个谦卑的男人，毫无怨言地接受了改变他命运的那场灾难。“当然，他在这里不是很开心吗？”她评论道，口气像是盖棺定论。她在水池里洗他们的咖啡杯，把两个托盘收起来。她带来了鸡蛋，她说，母鸡又开始下蛋了。

星期一，他去参加了葬礼。然后，他退缩到看上去仍然很新的大教堂外面，等着安慰遗孀。他跟她不熟悉；只记得很久以前见过一次。

“他喜欢去教长府宅。”她说，似乎牧师脸上的表情露出了惊讶，她又说了一遍，双手紧紧抓住他的一只手。“哦，真的，菲茨莫里斯先生，真的。”她强调，“最后坏事变成了好事，他经常说。如果没出那次事故，他就不会知道艾尼斯莫拉克教长府宅，就不会认识您，先生。”

葬礼结束后，格拉坦·菲茨莫里斯驱车离开，因刚才听到的话而感到欣慰。他带着狗在花园里散步，花园最近几年衰败了，但还不像找到帮手之前那样疏于管理，他想到那个死去的人，那个已经成为朋友的人。康·托南刚来的时候，不认识月桂树为何物，也不知道金灯藤和美洲茶的名字。得知覆盆子灌木每年秋天都要被砍倒，他非常惊讶。他学会了如何去除玫瑰花上的害虫，什么时候给紫杉树篱剪枝，还知道了秋天的落叶不要烧掉，要让它们烂在地里，肥沃土壤。两个男人聊着琐事：天气，有时会说说一个新政府打算做什么，掂量一下哪些承诺容易兑现，哪些则不得不放弃。在其他方面他们是各自分开的，但那无关紧要。

葬礼那天傍晚，格拉坦喂了狗，给自己煮好两个鸡蛋，他每晚七点一刻要吃两个蛋，配上烤面包和一壶茶。他听到了汽车声。几分钟后，他打开前门，看见了主持葬礼的两位牧师中年纪较轻的那位。利黑神父微笑着伸出手，说道：“我早就想过来。”

他说得很随意，似乎习惯于经常来拜访教长府宅，似乎凭长期的经验知道这是一个合适的时机。其实无论是他还是麦克帕特兰神父，以前都从未驾车光临过艾尼斯莫拉克教长府宅。

“请进，请进。”格拉坦邀请道。堂区神父的握手坚定有力，使人感到其中带着友情。

“真是一个迷人的夜晚，菲茨莫里斯先生，是不是？如今正值酷暑吧？”

“好像是的。”

在宽敞的客厅里，所有的家具都是旧的，但又没有旧到值钱的程度：几把扶手椅和一张沙发都已破旧，盆景架和摇摇晃晃的小桌子，上面放着书和工艺品，被太阳晒黑的墙纸上挤满了图画和照片，白色大理石壁炉架上是一面污渍斑斑的大镜子，一张牌桌上放着一台打字机。曳地的窗帘——曾经是深浅两种蓝色——如今几乎已经没有颜色，而且需要修补了。

“喝杯茶吧，神父？”

“啊，不了，不了。不过谢谢你，菲茨莫里斯先生。”

“唉，可怜的康不在了。”

“愿他安息吧。”

“他最后年迈体弱，不能再上这儿来，我真想念他。”

格拉坦坐下时往旁边看了一眼，注意到先前放在扶手椅旁那张桌上的《爱尔兰时报》。布莱丹·史密斯神父那张笑嘻嘻的脸曾吸引他的目光，此刻也是如此。神父正被一位神色严峻的侦探拘押。标题是“恋童癖神父被捉拿归案”。他伸手把报纸翻了过去。

“你肯定会想念康的。”利黑神父顿了顿，又说，“你这里离外界很远。”

“我习惯了。”

他不知道刚才摆弄报纸的动作是否被发现了。他本来是好意，但好意有时候也会构成冒犯。不管离外界远不远，都不可能不知道那位诺伯特的神父在贝尔法斯特变童二十一年。他已在德里县的麦吉利根监狱服满一个刑期，如今要去都柏林面临七十四起相同的指控。昨天新闻频道一整天都在讲这件事。

“你来参加葬礼真是太好了，菲茨莫里斯先生。”

“我很喜欢康。”

葬礼使他感触颇深。那些仪式和程序令人感觉到信心，还有麦克帕特兰神父庄重的话语、利黑神父的声音，以及会众们的反应，都充满信心。两位神父抬起双手赐福时的手势也体现了信心，还有等着领圣餐的长长的队伍、棺材被抬走的阵势、坟墓边的布道。格拉坦当时就想，基础牢固啊，在这里深能体会。油漆过的条凳很难看，耶稣受难图上的人物毫无生气，但你仍能感觉到那种信心和牢固。

“托南太太也说了同样的话，你们能来太好了。有时候教区居民很难知道你们教堂也会有人想去。”

“啊，是啊，我当然想去。”

“这正是我想说的。”

沉默了片刻，利黑神父说：

“那是条了不起的狗。”

"如果没有瓦松，我就要迷路了。"

"你总是有一条狗。我总是想到你在车里带了一条狗。"

"做个伴儿。"格拉坦想到带狗的牧师并不常见。也许偶尔能碰上，但并不经常。他没有这么说，生怕显得突兀。他想起了利黑神父小的时候，是巴里土姆路上那栋白色农舍的利黑家的孩子。他记得有三兄弟，坐在刷成白色的墙头，耷拉着双腿，每次他开车经过都朝他挥手。利黑神父应该是三兄弟中最小的，也是全家最小的，曾经有人告诉过他这点。他们家还有四个女孩。

"我们都走得不远。"他说，利黑神父点点头，表示理解谈话为什么转到这个方向。

"没错，走得不远。"他说。

格拉坦猜测堂区神父为什么来。他是看到葬礼上那个孤独的身影才决定来拜访的吗？他是出于怜悯才过来陪伴自己半小时的吗？是不是葬礼过后，两位神父议论说新教牧师的会众所剩无几，恐怕日子有些难过？

"兄弟姐妹都分散在各地？"他想让谈话继续下去，觉得自己需要这么做。

"差不多吧。"

农庄仍然由继承它的小帕特经营。一个哥哥在美国俄亥俄州的克利夫兰。几个姐姐都走了，嫁到全国各地，有两个在科克郡。

"我们几个过去经常在圣诞节聚会。他们回农庄来，后来女孩子们都有了自己的孩子，就不愿意来回奔波了。"

"我还记得你们坐在那堵墙上。"

“我们经常背下汽车牌号。其实车不多，一天也就两三辆吧。ZB726。”

“是我的那辆旧莫里斯？”

“那辆车屁股坠坠的绿色莫里斯。你经过时总是拿出一个指示牌朝我们挥动。你还记得吗？像个橘黄色的小蛋黄？”

“那辆车我是从爱尔兰银行的奇恩先生手里买的。你知道奇恩先生吗？”

“当然知道。就是奇恩亲自给我父亲贷款建了那个挤奶场。他是个体面的人。”

新教徒经常被形容为体面。跟新教徒在一起感觉很踏实，当年大家经常这么说。意思是他们跟人打交道很实诚，不吝啬。银行经理曾是艾尼斯莫拉克的教会委员。

“麦克帕特兰神父记得你父亲，还有你母亲。”

格拉坦想象着麦克帕特兰神父提起他的父母，跟利黑神父讲述过去的事情：那些大房子被烧毁，住户被迫离开，只有教主宅邸逃过一劫。“你要不哪天晚上抽空去看看那个老家伙？”他想象着麦克帕特兰神父催促道，“如果不怕受累的话。”格拉坦的脑海里不断响起老神父那爽快的口气。他想象着神父怀着理解和同情指点助理神父，提醒他别忘了往昔时代的精髓。他说，毕竟他们三个都是神职人员。

“愿意到花园里散散步吗，神父？”

“行啊，那太好了。”

夜幕降临了。两个男人从一条小路走上另一条小路，狗跟在身后几步远的地方，他们走得很慢，格拉坦一一指出那些灌木和花卉。利黑神父像康·托南以前一样，几乎不知道任何植物的名字。

“康替我把花园打理得像模像样。”

“他妻子说都是你教他的。”

“哦，一开始当然是。最后他知道的比我还多。他喜爱这个旧花园，可惜后来干不动了。”

“他在这里干了很长时间。”

“没错。”

“他上你这儿来的那年，差不多就是麦克帕特兰神父开始担任神职的时候。”

空气里充斥着夜紫罗兰的香味，还有瓦松在灌木丛里刨土的声音。野兔跑进花园，其中一只正在仓皇逃走。

“麦克帕特兰神父来自一个农庄，我也是。爱尔兰的许多神父都来自农庄。”

“现在也是这样，听说。”

“原先都是特别单纯的小伙子。”

“是啊。”

格拉坦觉得他们似乎在谈别的事情。没有什么是绝对表里如一的，他发现自己这么想着，却不知为何这么想。

“我看，你自己也不一样喽，菲茨莫里斯先生。”

格拉坦笑了起来。“哦，我早就知道会遭什么罪。”

他们站在花园尽头的带刺铁丝网栅栏旁，眺望远处牧场上的阴影。小母牛还在吃草，但已看不清它们的模样。他们自己也成了黑影，两个穿着黑衣服的人转过身，顺着原路往回走。格拉坦突然醒悟，两位神父似乎不可能如他想的那样说话，老神父不可能怀着同情和理解去指导助理神父。人在幻想时经常会犯错误，于是他又开始琢磨来访者的意图。

“这是座很大的老房子，”利黑神父说，“它一直都是教长府宅，是吗？”

“哦，当初建起来就是做教长府宅的。一七九一年。”

“还能再熬些年头。”

“如今许多牧师更喜欢小一些的建筑。”

“但你自己不是？”

“在一个地方待久了就习惯了。”

又到了房子前面，暮色正在让位给夜色，他们站在利黑神父的车旁，沉默在凝聚，寒暄的话题已经说尽。瓦松在碎石路上慢慢溜达过来，耐心地趴在前门的台阶上。利黑神父说：

“我从没见过这么安静的地方。”

“什么时候路过，就再过来坐坐，神父。”

火柴一划，神父的烟头亮了，烟草的香味弥漫在夜晚的空气中，跟花香融合。

“这不容易，我敢说。”利黑神父的脸此刻被黑夜笼罩，只有烟头上的红光在跳动，他的声音低了下去。

“什么不容易，神父？”

“我指的是你。”

格拉坦觉得以前不能说的话似乎在黑暗中可以说，真相在黑夜里可以活跃，交流在黑夜里变得容易。

“以前，在爱尔兰的神父是不读《爱尔兰时报》的。这话是麦克帕特兰神父说的。但现在我们也读了。”

“我以为也许那张照片——”

“那张照片算什么，事情远比它复杂得多。”

对方平心静气的口吻令格拉坦感到迷惑。这种口吻后面的亲密更使他惊讶。利黑神父说：

“那就是我们的结局。”

这话说得很轻，格拉坦几乎没有听见，接着利黑神父又说了一遍，使他更加迷惑不解。怎么回事，对方似乎告诉他神父们拥有的信心只是残留的、过时的表面现象？怎么回事，他听神父说话时竟能感受到那份亲密？怎么回事，他被告知在庄严的声音、祝福的双手、圣水和在空中划出的十字后面，存在着虚妄的幻象？很久以前，在艾尼斯莫拉克，在星期天的路边，排着许多边斗车和大大小小的马车，就像如今排在圣母升天大教堂外的那些汽车一样。同样营养充足的感觉，同样基础牢固、不可动摇的感觉。为什么对方似乎在提醒他想起往昔呢？

“可是当然……”他想说些什么，却又改变了主意，让这两个词孤零零地悬着，失去意义。他最近经常在报纸上看到，城镇上参加弥撒的人甚至不及前几年那么多了。在城镇里，结婚都懒得办婚礼，忏悔和赎罪也都敷衍了事。他们称之为一种不同的文化，不讲究修行和祈祷，至少不像以前那样讲究。在那个新的文化里，犯罪行为猖獗，孩子们小小年纪就吸毒，老妪遭到强暴，还有谋杀。那是一种瘟疫，也会传染到这个国家，已经传过来了。从事神职的那个快乐的诺伯特男人在报纸的照片上咧嘴微笑，这张照片出现在乡村小店、农舍厨房、木屋梳妆台上，进餐时靠在牛奶壶上，之后他又在电视屏幕上咧嘴微笑。他会不会说他只是伸手去拿了自己应得的东西，是上帝让他这么做的？在那种新的文化里，模仿基督并不能带来多少安慰。

“我经常想起那些岛上的僧侣，”利黑神父说，“在大海上只要看到一英亩土地，就会划船去看看能不能发展成一个教区。”

“是这样的。”

“用僧衣抵挡狂风，抵挡留在身后的东西。麦克帕特兰神父说，他们害怕。麦克帕特兰神父过来吃早饭时，你能看见他的眼圈都是红的。”

一时间，老神父的形象在格拉坦的脑海中清晰地浮现，黑色的丧服，硬领陷进了粉红色的皮肉，头发稀疏，在他们相识的这些年里逐渐变得花白。这个男人竟然在暗夜里哭泣，似乎难以令人置信。

“我从没离开过爱尔兰，”利黑神父说，“从没去过国外。”

“我也没有。”这之后的沉默是自然存在的黑夜的一部分，而不是尴尬的冷场。然后格拉坦说：“我爱爱尔兰。”

他们爱它的方式不同：在黑暗中没有说出来，这又是另一种亲密。对格拉坦来说，爱尔兰有历史传说，有痛苦、悲哀和遗憾，有未被征服的人们的声音，有女皇般骄傲的女人的精神。对格拉坦来说，有他熟悉的河流，有他从未攀爬过的山脉，有海边的野生吊金钟，有每年回归的燕子，有小镇上烧泥炭的青烟，有长长溪谷里的静谧。爱尔兰的声音、模样和形状，爱尔兰的雨，爱尔兰的阳光，爱尔兰的生和爱尔兰的死：所有这些。

星期天，弥撒念完一遍又一遍之后，利黑神父站在人群里，注视着来自基尔代尔郡、凯里郡、奥法利郡和米斯郡的人们，呐喊着鼓励的话，为技艺不精而悲叹。后来，他像男子汉一样端起啤酒，侃侃而谈。对利黑神父来说，记忆中有一辆辆汽车驶过，他的光脚踩在院子的鹅卵石地面上，他所做的牺牲，他对自己的忠诚，圣袍上的十字架。光辉的天主教爱尔兰，一个黄金时代。

“不管到哪儿，”格拉坦说，“总是在变化。就像白天变成黑夜。”

“我知道。是啊，我当然知道。”

利黑神父的香烟丢在地上。听见他用鞋底碾灭烟蒂上的火星的声音，然后他的脚步声在碎石路上响起。他打开车门，光洒了出来。

“总归还不是一无所有。”格拉坦说。

“今晚，麦克帕特兰神父给他的茶里加了糖之后，隔着桌子望过来。他对我说，是你重新给了康·托南生命。虽然康·托南不是你们教区的人。”

“啊，不，不，过奖了。”

“当你想告诉某人一件事时，你知道自己心里是什么感觉吗？”

助理神父在那小小的光圈里伸出手来，紧握的手势里同样带着那种亲密，然后他发动了汽车的引擎。

“利黑神父昨晚过来了。”格拉坦听见自己向布拉德肖太太汇报，“在我的记忆里，这是第一次有神父到这个教主宅邸来。”布拉德肖太太大为惊讶，整个上午都一边干活一边琢磨这事儿，也许她临走的时候会说“助理神父的来访，代表了如今他们倡导的普世教会精神”之类的话。

格拉坦又在外面待了几分钟，花园里仍残留着淡淡的烟草味，助理神父的车尚未远去，声音隐约可闻。对利黑神父来说，未来是可怕的，如同那些曾经划船离开爱尔兰的僧侣感受到的一样，如同他弥留之际的父亲感受到的一样。可是由于上天的怜悯，僧侣和他父亲逃脱了。主教的黄金时代在一场巨变中消失，这巨变像房屋被烧、人们背井离乡一样惨烈，麦克帕特兰这样的老神父因这些变故而郁郁寡欢，并把他们的抑郁传递下去。

“走吧，瓦松，”格拉坦喊道，他的狗又跑到花园里去了，“该走了。”

他尽自己的能力付给康·托南工钱：康的陪伴曾令他高兴。他从没想过康·托南到他的花园干活是交给他的一项任务，是一根孤零零的葡萄藤要扎下根来。可是今晚神父来说事情原本是那样的，而他那么说似乎给自己找到了安慰。现在细微的手势也至关重要，黑暗中的话语是恪守信仰的一种方式，如同僧侣们在另一个不同的爱尔兰曾恪守过的那样。

好消息

“你好，”戴耳环的秃顶男人说，“我叫罗兰德。”

他从小圆镜片后面看着碧娅。碧娅注视着他的目光慢慢扫视她的五官，扫视她的肩膀和胸脯，以及她放在两人之间那张桌上的双手。碧娅九岁，长长的黑头发，一双褐色的眼睛里有一种梦幻的神情，有时会被误认为忧伤。

“让我们看看你的本事，好吗，利亚？”戴耳环的男人说，站在他身边一个穿深蓝色运动衫和牛仔裤的姑娘，用一个手指滑过手里的纸板夹，告诉男人她的名字应该是碧娅。

“别慌，利亚。”男人说。

碧娅是练习过的，窗帘拉上，屋里一片黑暗。艾丽丝突然打开台灯。碧娅在沙发上醒来，茫然不知自己身在何处，这就是剧本里标出、他们要让她表演的片段。

她走向屋子那头，两张椅子拼在一起代表沙发。她在上面躺好，等着拿纸板夹的姑娘说开灯，她说过她会这么做。然后，碧娅的双手举起来挡住眼睛，但动作并不夸张，没有过分修饰，艾丽丝说过千万不能演过头，精妙之处见乾坤。

“不错。”戴耳环的男人说。

*

艾丽丝是碧娅的母亲。她出生时叫艾丽丝·斯特宾，但为了职业的缘故改名为艾丽丝·奥兰多，后来嫁给迪基，又变成了艾丽丝·亚当斯。她已经很多年没有试镜了——最后一次是“按摩房的女人”——到了最后一刻他们说她不合适。偶尔在《舞台》杂志上看到某部影片即将开拍，她还会打电话去询问，他们总是答应会考虑她。但从来没给她回过电话。

碧娅不同，前途不可限量。而且碧娅有天赋，艾丽丝对此确信无疑。总有一天，她会看到碧娅扮演的奥菲利亚，或《拓展训练》里的新婚女子——她自己当年就曾演过这个角色，或《点亮你的夜》里的拉切尔-伊丽莎白。艾丽丝把她知道的一切都教给了碧娅。

又一个孩子进来等候试镜，陪同的是个身材粗壮的年轻女子，估计也是母亲，艾丽丝觉得她看上去一副不健康的样子。孩子很腼腆，肯定是他们需要的性格，但模样像一只兔子，艾丽丝估计他们不会喜欢，一分钟也不会。碧娅很安静，一直都很安静，但看起来丝毫也不死板。更重要的是，她的牙齿没有长成那样。

“你好。”那位母亲说。

艾丽丝微微皱起嘴唇，露出她面对陌生人时的笑容。肯定还会有别人。每十五分钟一个，整个上午络绎不绝地到来。她知道这个规定步骤。

艾丽丝可不能算年轻母亲了。她本来不想要孩子，但到了四十岁突然感到恐慌，这恐慌一发不可控制——她自己也坦然承认。当时她在那部医院题材的连续剧里演一个角色，并开始担心自己再也得不到别的角色了。那是在万斯泰德的最后一年。迪基还在路上奔波，推销办公用品。

又进来一对母女，母亲比刚才那个胖子还要年轻，孩子面相粗俗，根本就不合适。大家都喜欢早点来，至少提前半个小时，这次没有问候，没有寒暄，没有笑容。竞争摆到了明面上；艾丽丝心里明显感觉得到，她越来越不喜欢跟她一起待在这间小等候室里的人。

“好了。”穿深蓝色运动衫和牛仔裤的姑娘把碧娅带了回来，说道。“你想现在进来吗？”她邀请那个兔子模样的小孩，那位母亲想陪着进去，她摇了摇头。“如果碧娅试镜成功，”她对艾丽丝说，“今晚我们会给你打电话。五点以后。行吗，五点以后？”

艾丽丝说可以，一边把碧娅的大衣递给她。他们不说“别给我们打电话”了，那已经成为笑料。但她还记得没有成为笑料前的那些时光。

她们离开时，一对母女正走进来，艾丽丝迅速盯了一眼那个孩子：粗笨，没有别的词可以形容她，头发稀疏，还泛着一种淡淡的灰色。

“我们喝杯咖啡吧。”到了街上，艾丽丝说。

*

碧娅在想迪基。当艾丽丝接了电话，说有一次试镜机会时，碧娅就想到了迪基；从那以后，每次她们排练和通读剧本，迪基都经常出现在她脑海里。因衬衫而起的争吵已经过去了两年，当时艾丽丝说她受够了，迪基拂袖而去，那是前年的夏天，一个星期一。

“他们说喜欢你了吗？”在咖啡馆里艾丽丝问，“他们说什么了吗？”

碧娅摇摇头，然后把散落在额头上的头发拂到脑后。咖啡馆名叫“约翰之家”，所有的装饰都是绿色的，碧娅很喜欢，因为绿色是她最钟爱的颜色。她们坐在沿窗而设的长台旁，一个女孩给她们端来了卡布奇诺。

“他们只说了说醒来的那点戏。”碧娅说。

把试镜的事告诉迪基时，她正和迪基一起在野趣公园灰扑扑的草地上散步，迪基突然就停住了脚步。她把事情告诉了迪基，因为艾丽丝说应该告诉他，下个星期天的计划都安排好了。迪基站住，一动不动，望着远处的树木，然后转过身，低头看着她。那太好了，他说。

“他们要你做动作了吗？”艾丽丝问，“就像我教你的那样？”

碧娅摇摇头。他们没要我做动作，她说。那个男人管她叫利亚，她说。

“利亚？上帝啊，他把你当成了另一个人！上帝啊！”

“他听不懂‘碧娅’。”

当迪基在野趣公园听到这个消息时，碧娅知道他脑子里在想什么。她之所以知道，是因为曾经有过好消息——艾丽丝在牛奶铺抽奖赢了十五镑，迪基一度又有了工作，艾丽丝的姨妈死了，留下一份遗嘱。牛奶铺抽奖之后的那个星期天，迪基被请了过来，还开了一瓶红酒。“迪基还干着那份工作?”艾丽丝问，没有，他很快就不干了。那份遗嘱只带来一套剖鱼的刀具。尽管如此，每次好消息到来的时候，对迪基和艾丽丝来说似乎一切都蕴含着希望，总有一天，好消息再也不会溜走。碧娅经常坚信这点。

“你告诉那个男的了，是吗？你说了你叫什么名字吗?”

“那个女孩知道。”

“你对她说了？真的说了?”

“她把名字写下来了。”

正值七月，温热无风，也不见太阳。碧娅很高兴这一切都发生在暑假快开始的时候，班上没有同学会知道她来参加电视剧的试镜。“如果你得到了那个角色，肯定要告诉同学们的，”艾丽丝曾经说，“万一电视剧播出时他们看见你呢?”

碧娅觉得不一定。他们甚至都不会认出她来，那正是她巴不得的。她不懂自己为什么愿意这样，同时又特别渴望为了迪基拿到那个角色。“那么，那是个什么样的故事呢?”迪基在野趣公园问，碧娅说故事里有个女人被谋杀了。

“练习一会儿吧?”她们回到公寓，吃过蛤肉羹和沙拉之后，艾丽丝说。

试镜已经结束，碧娅不想再练，但艾丽丝说可以打发时间。于是她们练习了一小时，然后坐在敞开的窗口，听着查默斯街上传来的车流声，看着人来人往，下午的天色终于晴朗起来。“不要失望。”艾丽丝不住地说，五点三刻，电话铃响起的时候，她说这电话可能是任何人打来的。可能是迪基要商量明天的事，也可能是电话局的人，他们经常在星期六的这个时候打电话来介绍这个项目那个项目，如果你按他们的要求去做，就让你免费拨打电话。

然而，打电话来的正是那个穿深蓝色运动衫的姑娘，她说碧娅得到了那个角色。

*

排演是在一个军事训练大厅里。艾丽丝也得去，她还要去布景所在的片场，还要出外景。她已经专门安排好了休假，碧娅听说她打算休假结束后接着再请病假，不由得感到担心。“我知道这个地方！”第一天上午她们走进训练大厅时，艾丽丝大声说道，兴奋地打量着四周。

“有一阵没来了。”碧娅听见她对那个女人说，对方介绍过自己要演那个无家可归的女人。艾丽丝说自己曾有过远大的抱负，可是后来婚姻等等的拖了她的后腿。丈夫曾经六年没活干还不当回事，当然后来又找到了工作。失业成了家常便饭，她没办法，只能委屈着去当个打字员。真是受到了摧残啊，她早就知道会是那样，职场的每个人也都能想象到。

“孩子会给你争气的。”无家可归的女人预言道。“毫无疑问。”她又补了一句，似乎是为了弥补自己不够热烈的语气。

“接到电话时，我简直不敢相信。‘快给迪基打电话。’我说。唉，不管过去怎样，这么做才算说得过去啊。”

“应该让父亲知道。当父亲的都应该知道。”

“她只能把头发剪掉了。”

碧娅听着她们的谈话，因为没有别的事情可做。她打电话把消息告诉迪基时，迪基说他欣喜若狂，碧娅知道他说的是真话。“你替我向艾丽丝说一声好样的。”他说，碧娅便立刻想象迪基回到公寓，拎着那两个旧箱子不期而至——她有时会这么幻想。“哎呀，真是没想到啊！”他在电话里不停地说，“哎呀，真没想到！”

他愿意碧娅叫他迪基，因为碧娅称艾丽丝为艾丽丝；他说喜欢这个称呼里的暖意。“还记得我们住在旅馆里的那次吗？”他曾带她到布莱顿住过一晚，便经常向她提起这事。“还记得我们那天目睹了那场车祸吗？那辆车开得太快了。还记得第一次去野趣公园吗？”

他是个大块头，笨手笨脚，经常打翻东西。他另外还有个孩子，皮肤黑黑的，也不跟他住在一起。“你告诉亲爱的好样儿的艾丽丝。”他在电话里说，该表扬的时候就表扬，因为他知道艾丽丝为此努力了许多年，“你不会忘记此时此刻的，是吗，丫头？”

只要有任何借口，迪基就会回来。他说自己欣喜若狂，是因为这是一个机会，有可能改变一切。碧娅两星期见他一次，下次见他是一星期后的星期天，他说他等不及了。

“你好，碧娅。”他们都在训练大厅的长搁板桌旁坐定后，那个名叫罗兰德的男人说，这次总算把她的名字弄对了。穿深蓝色运动衫的姑娘的纸板夹上连着对讲机，还别着一个“安迪”字样的徽章。一个头发毛卷卷的男孩在分饼干和纸杯咖啡。“伦敦最棒的咖啡。”他不停地说，偶尔某人会大笑起来。

碧娅注视着剧本一页页翻过，有些上面用圆珠笔做了标记。她翻着自己手里的剧本，找到第十四页，那是她出场的地方，虽然在整个剧本里她都没有说话。“我是汉斯先生。”过来坐在她旁边那张椅子里的男人自我介绍道，说的是他演的那个角色的名字。他身材又瘦又长，扁扁的额头下有一双浑浊的眼睛，灰西装上有些污点，领带在看着怪别扭的领圈下打了个紧紧的结。“你已经穿上角色的衣服了。”碧娅听见安迪对男人说。

“从头再来。”罗兰德喊道，训练大厅里安静下来。然后人们开始说话。

被谋杀的是那个头发染成红色的女人。在训练大厅里，她用鲜红色的唇彩和染红的头发掩饰自己的衰老。汉斯先生在酸奶盒里下毒，每个星期三和星期五，那些酸奶都和女人的牛奶一起送到。这些剧情艾丽丝都解释过，碧娅听着训练大厅里的说话声，对剧情有了更清楚的了解。

但她并不能完全理解。剧本里说汉斯先生跟她一起玩弹珠游戏，碧娅认识的人里没有一个玩过这种游戏或对它有任何兴趣。“那是一个非常孤独的男人。”艾丽丝说，但是碧娅觉得一个孤独的男人不去酒吧或台球厅，却在停车场里陪一个孩子玩弹珠，真是奇怪。在剧本里，她自己也是孤独的。“挂钥匙的小姑娘”，汉斯先生这样叫她，因为家里总是没人给她开门。剧本里写到，那个老太太有着整齐的白头发，拄着拐棍，她不拄拐棍就没法走路。

从她们一进训练大厅艾丽丝就很高兴：碧娅看得出来。艾丽丝对一切都记得很清楚，碧娅听见她告诉那个无家可归的女人，后来又告诉报刊经销商的女儿安-玛丽。影视圈的八卦，等待上场时手里编织的毛线活儿，以及碰到不顺心的事就弄支香烟吞云吐雾：艾丽丝回到了她如鱼得水的地方，回到了她理应交往的朋友们中间。

快到傍晚时，排演葬礼那出戏：牧师的话语被响亮地说出，送葬者们站在地板上用粉笔画出的长方形周围，那个扮演死者的老妇人在玩《每日电讯报》上的纵横填字游戏。葬礼结束后，头发毛卷卷的男孩负责教碧娅和汉斯先生玩弹珠游戏。

“没事吧，碧娅？”安迪问了几次，碧娅说没事。她想，安迪可能不是因为个子高才显得臃肿的，碧娅先前听见她抱怨自己身材不好。安迪说她正在上减肥课，但似乎没什么效果。训练大厅里这么多人，碧娅最喜欢安迪。

“再从头来一次。”碧娅以为排演肯定要结束了时，罗兰德喊道，于是大家又把剧本从头演了一遍。这一天她不像妈妈那么开心。她不知道应该期待什么，就像试镜的时候不知道结果如何。剧本拿到时，艾丽丝说唯一遗憾的是碧娅一直没机会说话。排演葬礼那一幕时，她曾跟安-玛丽提出来过，为了不打扰排戏，她是用口型说的。碧娅觉得安-玛丽长了一张猫脸，但非常漂亮，安-玛丽一直等到葬礼的戏结束，才说碧娅这个角色是无声胜有声。碧娅曾经很高兴自己不用说一句话，但现在忍不住想，如果偶尔能说上一两句也许就不会这么乏味了。

*

“怎么样啊，比西[1]？”

迪基的褐色夹克衫靠近她这边的口袋需要补补了，就在她看过去正好跟她眼睛齐平的地方。跟两星期前的那个星期天她最近一次看见时相比，它破得更厉害了。他没能力收拾自己的衣服，艾丽丝说。

“挺好的。”碧娅说。离进训练大厅的第一天已经过去三个星期了，如今训练大厅早就被丢到了后面。他们挪到了片场的布景里，还有几天出去拍外景。

“上次你把我说的话告诉艾丽丝了吧，比西？你说我夸她了不起了吧？”

碧娅点点头，虽然是八月，但走在街上还是有些凉意。她把双手插进大衣口袋，大衣是艾丽丝担心下雨叫她带上的。上上个星期天她就对迪基说过已经把那句话告诉了艾丽丝。

“我告诉她了。”她又说了一遍。

迪基今天没有看见艾丽丝。上个星期天也没见着。他摁响门铃，碧娅通过对讲机跟他说话，他眼巴巴地等艾丽丝，两次都是这样。

---

① 碧娅的昵称。

“这么多年了，”他在街上说，“《舞台》杂志就是她的《圣经》。”

“是啊。”

没想到却是《舞台》帮上了忙。迪基继续说着这件事，碧娅想象着妈妈请他进去。她对自己说，妈妈早晚会告诉他的，在某个星期天。“我们必须告诉迪基。”艾丽丝在过去三个星期里说个不停——说安-玛丽一大早半睡半醒，刚翻开的报纸哗啦啦散落在柜台上，然后把散乱的页张胡乱地叠在一起；说汉斯先生和弹珠游戏；说那个老夫人死去时，笼中的金丝雀仍在歌唱。

“那些内容，你不担心吗？”在野趣公园里，碧娅给他看了剧本里的谋杀片段，他说，“如果你感到担心，就说出来，丫头。”

她绝不会说的。她没有告诉艾丽丝她梦见垃圾桶顶上的那条狗，在连续镜头中可以看见寄生虫在它的内脏里蠕动。在审片室，外面亮着红灯，她和别人一起坐着，不知道警察在垃圾桶顶上寻找什么，只看着摄像机在狗的内脏上方慢慢移动。她不知道那个老妇人为什么不停地用拐杖敲打窗户，为什么坐在那里不停地敲了又敲。“她是个偷窥者。”剧本里汉斯先生只说了这么一句，这幕混乱的剧情中没有碧娅，漫长的等待使无聊的感觉更加难熬。

“那个汉斯怎么样？”迪基问。

“还好。”碧娅没说自己不喜欢他。她说别人都叫他“汉斯先生”真是好笑。他的剧本又增加了许多页，先是黄页，第二批是粉红色的。她自己的剧本里没有加页。在去片场或外景的路上，汉斯先生挨着她坐在公共汽车里时，她能看见他剧本边缘露出的那些颜色。汉斯先生总是坐在她旁边。艾丽丝说，他是想要了解她。

“艾丽丝认为他不错？”迪基问。

“是的。”

他们都认为他是好人。他们说他很用功，努力上进。“她活着的时候脾气不太好。”他说的是那个老妇人，就在碧娅从沙发上醒来的那个房间里议论她。他说话的时候经常不看你，声音近乎耳语，有时简直听不清。碧娅不知道为什么汉斯先生让她感到紧张，甚至第一天时就有这种感觉，也不明白他在公共汽车里坐在她身旁时，为什么总是用一根手指，一遍遍捋过缝在纯褐色围巾边缘的那个小商标的轮廓。每次旅途结束前，他都把浑浊的双眼从汽车窗户上挪开，手指不再移动。他凝视着她，什么话也不说，起初她以为他在练习角色。她见过他们这么做，反复排练，听对方念台词，然而公共汽车里似乎不是排练的地方。那个带沙发的房间在他家里，老妇人死亡那出戏之后，他带她过去，沙发很旧，已经凹陷了，窗台上有两个空牛奶瓶，窗台底下的地板上有猫屎。他们反复表演她醒来的那一幕，争取演得恰到好处。

“今天去看电影吧？”迪基提议道，“《火树银花》又上映了。”在电影院里，碧娅听着歌，尽量不去想明天又是乏味难耐，不去想公共汽车里汉斯先生让她感到紧张。他跪在沙发旁请求她原谅时，她尽量不去看他扁平额头上的汗水。在公共汽车里，或当他一言不发凝视自己时，她尽量不去听他说的那些她听不清楚的话。

“太棒了，不是吗？”朱迪·加兰最后一次唱歌，银幕上出现“全剧终”的字样时，迪基说。“我还有几个十字面包呢。”到了街上他又说，其实这天不是复活节，十字面包不合时宜。在他的卧室兼起居室里，他们把十字面包烤了烤，因为已经有点不新鲜了。他们蹲在地上，每人拿一把叉子，拨弄着电炉格栅上的面包。

卧室兼起居室里很暖和，迪基的大衣挂在门后的钉子上，他的床在斜窗底下，窗帘挂下来，使人不知道那里有暖气片。他有几小包果酱，黑莓和草莓，他让她选。

“还有果酱蛋糕。”他说完笑了起来。其实指的是吃了一半的果酱蛋糕。他留给她的。“艾丽丝今晚有事？”一切都弄完后，他问道，“她是出去了吗？”

碧娅摇摇头，可是当他们回到公寓，艾丽丝没有请迪基进去。艾丽丝还没有拿定主意，碧娅对自己说。后来，她上床后又把种种迹象回忆了一遍——艾丽丝说她们必须把试镜的事告诉迪基，后来又说了安-玛丽和报纸的事，然后说了金丝雀唱歌的事。可是当碧娅入睡后，梦见的并不是迪基回来了。她梦见在那个窗台有牛奶瓶的房间里，汉斯先生正在给她看他围巾上的那个标签，她嘴里不停地说她得走了。她一次次想从沙发上起来，却怎么也起不来。

*

“你想象你是在可怜汉斯先生。”罗兰德在审片室里把椅子转过来，面对碧娅说道。一条腿架在椅子扶手上，他最喜欢这样坐着。碧娅注意到他的耳环是个小十字架，这是她以前没有留意的。“这一段表现的是那种感觉，丫头。”

屏幕上，是昨天拍摄的汉斯先生从葬礼上离开的镜头，他一直往前走，穿过河边的街道和储气罐。突然，他的五官充斥了整个屏幕，看上去触目惊心，瘦削的面颊上泪光闪闪。

“这里要表现的是怜悯。”罗兰德说。

碧娅想要忘记汉斯先生哭泣的脸，虽然屏幕上已经一片空白，但那张脸在她眼前挥之不去。眼泪流到了他的嘴角，泪珠受到阻碍，有的渗进了下巴的细纹里。

“就像一只可怜的受了伤的小鸟，”罗兰德说，“一只断了翅膀的燕子。你为它感到可怜，因为别的燕子飞得快，能抢到面包屑。这下你明白了吧，碧娅？”

母亲严厉地看着她，使她想到了燕子圆溜溜的凝视的眼睛。碧娅知道艾丽丝之所以目光严厉，是不许她说自己不喜欢羽毛。正因为她讨厌羽毛，她们从来不把面包屑撒出去喂鸟。那次在特拉法加广场，鸽子纷纷扑来的阵势特别吓人，翅膀直接撞到人的脸上。“再也不来了，”迪基保证道，“你把坚果送给那边的那个小男孩吧。”可是就连这她也不愿意。她一分钟也不想再把坚果拿在手里了。

“我们来试试吧？”罗兰德说，“感觉一下同情？”

碧娅开始点头。“他为什么要谋杀她呢？”她问，心里一直弄不明白这件事。

“因为他觉得友情即将逝去。”罗兰德把腿从椅子的扶手上甩下来，“因为老妇人完全误解了他。明白了吗，丫头？”

碧娅说明白了，因为说别的似乎没什么意义。她曾经问过艾丽丝，垃圾桶顶上那条狗的尸体跟剧情有什么关系，狗是不是属于那个老妇人，艾丽丝说等影片剪辑完她们就能看懂了，她们就能明白安–玛丽整理报纸跟剧情有什么关系，还有在路灯旁垃圾箱里翻找剩菜剩饭的那个无家可归的女人，修整人行道的工人们，以及那个开褐红色汽车的男人。艾丽丝说，这些场景都不是按顺序拍摄的，所以理解起来比较困难。被投毒的那种酸奶是香蕉和番石榴味的，碧娅对自己说，她这辈子都不会再吃香蕉和番石榴味的酸奶了。一天早晨在公共汽车里，汉斯先生问她的校服是什么颜色，听他这么一问，她顿时紧张起来，却不知道为什么，其实只是一个简简单单的问题。她想站起来，想换一个座位，可是在公共汽车里走动会引起别人的注意，她不愿意那样。“只是假装一下，”另一天汉斯先生说，“只是假装一下，碧娅。”他那么说话真奇怪，那些话她早就知道了，她怀疑自己是不是听错了，因为汉斯先生的声音那么低。

有一次公共汽车停下后，大家都下了车，碧娅和艾丽丝一起走向外景，她特别想说自己害怕汉斯先生，而且差点儿就说出了口。她刚开了个头，还好艾丽丝没有在听。碧娅立刻意识到幸亏如此。不然一切就都毁了。

*

“这次加油啦，丫头。”最后一天拍最后一个镜头时，罗兰德说。头发毛卷卷的男孩报出镜头编号，切下场记板，碧娅便听见摄像机轻微的嗡嗡声。在喝咖啡休息前他们已经排练过这一幕，后来又练了练，罗兰德把那番关于同情的话又说了一遍。

这个镜头碧娅并不能比排练时演得更好。“停！”头发毛卷卷的男孩不停地喊，罗兰德走到布景里，又跟碧娅说了说戏，艾丽丝也过来了，是罗兰德叫她来的。“对不起。”碧娅不停地说。

最后，负责化妆的姑娘来了。她们给她弄了假眼泪，摄像师说这样好多了。灯光师变换了灯光，效果变得柔和许多。

“这次我们加油干。”罗兰德说，头发毛卷卷的男孩举起场记板，又报出一个编号。“再来一次。”罗兰德说，碧娅已经记不清拍了多少镜头了。

午饭时间已过了十五分钟，他们才解散，朝餐车走去。艾丽丝面前放着鸡肉沙拉和土豆条，她正向无家可归的女人和警察分局局长回忆她在《Z 汽车》里演的角色——当年她自己还是个孩子。碧娅已经听过好几遍，她不喜欢自己拿的甜豆香肠烤点心，便朝四处张望，想在没人注意特别是艾丽丝没发现的情况下把它丢掉。艾丽丝总是说要在餐车把肚子吃得饱饱的，省得回到公寓里再开火做饭。可是身边没有花瓶或消防水桶可以让碧娅把纸餐盘里的东西倒进去。碧娅到了外面，在停车的地方找到了垃圾箱。

她不想再回餐车那儿了，因为别人会看到她什么都没吃，然后递过来许多她不想吃的东西。碧娅在空荡荡的布景里走来走去，她从来没有独自待在这里过。她从一个房间溜达到另一个房间，心里想着真可惜，很快就都要被拆掉了，其实无家可归的人可以在门廊里睡觉的，哪怕只睡一个晚上。

“喂。”一个声音说，接着碧娅听见了汉斯先生的脚步声，她知道他是来找她的。

*

那天晚上迪基也去参加晚会了。“你问问你父亲，”艾丽丝说，“这样才说得过去。”迪基立刻说好的好的。

“时间短，费用低！”罗兰德在讲话中大声感谢剧组人员，大家热烈鼓掌。

他们都到了拍摄现场——无家可归的女人，安-玛丽，分局局长，老妇人，开褐红色车的男人，一直在修人行道的工人们，搜查垃圾桶顶部的警察，汉斯先生。

他们围着汉斯先生开玩笑。他们说，这是他的大片，是他的杰作。“我听说过不少关于你的消息。”迪基对他说，碧娅认为其实他并没有听说，但迪基一向很讲礼貌。他夹克衫口袋上的裂缝还没补好。那天迪基过来问好时，碧娅亲眼看见艾丽丝注意到了裂缝。

“下一个档期是怎么安排的呀？”分局局长问碧娅，“又挑好了一个角色，是不是？”

“都挑花眼了。”艾丽丝说，但碧娅心存疑虑，迪基问这次是什么呢？是一个小女星在迅速成长，分局局长说。

所有的技术人员和制作人员也都参加了晚会——音效师、摄像师和助理摄像师、布景设计师、女化妆师、女服装师、女场记。他们喝葡萄酒，有白的有红的，还有可口可乐或橘子汁，就着一盘盘冷食。迪基问那个眼镜上挂着链子的大块头女人是谁，艾丽丝说是制片人。“还记得《十号急诊室》的那个制片人吗？”

“哦，天哪，别提了！”

音乐响了起来。碧娅给迪基介绍布景：仍留有猫屎的汉斯先生的房间，楼梯，墙上挂着鹿茸的大厅，另一所房子的起居室——老妇人就是在那里用拐棍敲窗户的。“太棒了。”迪基不停地说。布景的一部分已经拆除了，艾丽丝走过去做了解释。

安迪和那个头发毛卷卷的男孩端来了葡萄酒和食物。罗兰德用老妇人的拐棍敲敲地面：虽然时间还早，他说，但他必须走了。他们的表现都很棒，他把每个人都夸了一遍。这部片子绝对火爆，家庭主妇必看。

人们大笑，又是一阵喝彩。罗兰德挥舞拐棍跟大家告别，然后把拐棍递给安迪。他走后，有人把音乐调高了。

趁没人注意，碧娅打开她拿的那个三明治。里面似乎是炒鸡蛋，于是她把它扔进了旁边的一个空纸板箱里。她独自站在那里，被那些盆景遮挡着，盆景都收在一张桌上准备送还给“花卉商店”，其中一个盆景上拴着纸片，上面草草写着花店的名字。碧娅能看见迪基、艾丽丝和汉斯先生，音效师似乎在给他们讲故事。故事讲完时，听的人哈哈大笑，艾丽丝笑得最厉害，以她特有的方式仰面大笑。头发毛卷卷的男孩一边继续倒酒，一边向笑声传出的地方望去，自己也笑了起来，然后走过去给他们斟酒。

碧娅透过肥厚的绿叶往外张望，注视着正在热切交谈的汉斯先生，迪基在侧耳倾听。片刻之前，艾丽丝曾挽住迪基的胳膊，只挽了一秒钟，因为她的一只高跟鞋突然崴了一下。艾丽丝伸出手抓住迪基，迪基对她微笑，她自己也笑了笑。他们现在站的位置，正靠近那天下午汉斯先生说“你好”时碧娅所在的地方。

布景的那头，老妇人独自坐着，一支点燃的香烟，半杯葡萄酒。她浓妆艳抹的五官和染得绚丽的头发，看上去一点也不像那个窗边的老妇人，尽管如此，她还是她。碧娅突然想走过去说她是对的。她想让她知道。她只想让一个人知道。

“喂，碧娅，”安迪说，“那是你爸爸吗？”

“是的。”

“他看上去很帅。样子很潇洒。”

“是啊。”

“但不是这一行的，对吗？不像你妈妈那样？”安迪伸手触摸一片树叶，用食指和拇指轻轻抚弄着。“你爸爸也许可以跑个龙套。谁说得准呢。”

安迪没有拿纸板夹和对讲机，看上去有点落寞，还穿着那件深蓝色运动衫，拍片的六个星期一直没换。她没喝葡萄酒，也没吃任何东西，也可能是因为在减肥。

“你想试试吗，碧娅？你觉得呢？”她自己试过一次，结果不了了之。她干不了表演这一行，虽然一开始是想往那方面发展的。“你不一样。”安迪说。

“是啊。”

告诉安迪也许更好。她可以说这件事必须保密，她只想让一个人知道。安迪特地过来向她表示友好，不告诉她似乎说不过去。

“也许我们后会有期，”安迪说，“反正我是这么希望的。”

“好的。”

“你演得不错。”

碧娅摇摇头。透过叶子，她看见汉斯先生把手伸出去，伸向她母亲，又伸向迪基。他们朝他微笑，然后他从晚会的人群中穿过去，跨越那些从一个布景房连向另一个布景房的电缆。偶尔他停下来跟人握手或接受拥抱。老妇人抬头看着他大笑，分享一个笑话。

“我必须告辞了。”安迪吻了吻碧娅，又说了一遍希望后会有期。

“我也希望。”碧娅想告诉安迪。可是安迪如果知道了，她即使想掩饰，也会在脸上不由自主地表现出来。她很难不流露，要是有人问她是怎么回事，她难免会在不经意间说漏了嘴。

“干杯。”安迪说。

无家可归的女人也走了。在布景外面仍然放着摄像机的那个墙角，安-玛丽在和一个警察跳舞。迪基拎起艾丽丝的透明塑料雨衣，等着给艾丽丝穿上。“溜冰的时候见。”头发毛卷卷的男孩冲着汉斯先生的背影喊道，汉斯先生转身朝他挥挥手，便走出了灯火通明的晚会现场。

*

在火车上，艾丽丝向迪基介绍那些人都是谁，分别在剧中演什么角色，以及那些技术人员的身份。迪基不停地问这问那，让她继续说下去。

这是碧娅第一次乘火车离开片场。以前她总是乘公共汽车往返片场，赶赴外景。火车舒服多了，铁路沿线纷纷后退的房屋亮起了灯，虽然天已经黑了，还有些人待在自家的花园里。有时，火车停在一个郊区火车站，下车的人顺着站台走去，显得很疲惫。“说实在的，我觉得很开心。”迪基说。

他们搭了末班车去查默斯街，然后三个人一起步行回公寓。“进来吧，迪基？”艾丽丝邀请道。

她准备了迪基喜欢吃的麦片粥，放在厨房的桌子上做早饭用。碧娅看见迪基注意到了。

“晚安，丫头。”他说，碧娅亲了他一下，也亲了亲艾丽丝，因为艾丽丝说她太累了，就不进屋对她说晚安了。

碧娅洗了洗，叠好衣服，刷了牙。她关掉灯，心中猜想今天她的梦会有什么不同，并提醒自己千万不能哭出声来，生怕在睡意迷糊时把一切都给毁了。

哀 悼

城里，邓曼韦路有一片灰色房产，他们住在拐角的那座房子里。一直住在那里。布洛根太太在那里生养了六个孩子。布洛根是议会的勤杂工，如今仍在屋后的小花园里种蔬菜，还种了几株金盏花。只有利亚姆·帕特还跟他们一起住在家里，他二十三岁，是最小的孩子，给包工头奥德怀尔打工。当利亚姆·帕特说他打算远离家乡时，他的母亲——父亲也是，却是以另一种方式——感到心烦意乱。“是去科克①吗？”母亲问。但利亚姆·帕特心里想的是英国。

德西·考格兰说能帮利亚姆安排妥当。德西·考格兰说，如果不是妻子拖累，而且又怀了孩子，他就自己去了。罗西塔根本动不了窝，根本不可能离开房子五米远，她的母亲就跟他们隔着两户人家。“没问题，你肯定能落下脚来，”德西·考格兰信心满满地预言，“不可能出岔子。”

利亚姆·帕特没有什么了不得的雄心壮志。他只想发挥自己

① 科克，爱尔兰共和国南部港口城市。

的能力。在基督教兄弟会里，他是班上表现最好的一个。专心听讲，虽然经常听得云里雾里。穆内神父不止一次夸奖他穿着去做弥撒的那件西装——是家里人传给他的，以及他每个星期天都戴的那条领带。“尊重，利亚姆·帕特，”穆内神父总是说，“你的老神父看到这份尊重，看到你把靴子擦亮，感到很受鼓舞呢。”实际上，利亚姆·帕特星期天穿着去做弥撒的不是靴子，而是鞋子，黑颜色的，打着补丁，也是家里人传给他的。鞋子不防潮，但这并不妨碍他下雨天也穿着它们，回家后往鞋里塞一些报纸。“啊，没问题，你挑个工种吧。”利亚姆·帕特问能否学一门手艺时，奥德怀尔说。他什么都想学——铺管子，砌墙，木工，油漆。这些活儿都近在手边，只要他能踏踏实实干好其中一件，就根本用不着跑那么远。私下里，奥德怀尔认为利亚姆·帕特脑子不太够用，干什么都不行，那么，看搅拌机总不会有错吧？“让大搅拌机转起来，让利亚姆·帕特·布洛根站在机器后面。”奥德怀尔在工人们为他盖房的工地上，喜欢说这样的玩笑话。“奥德怀尔就是这个德行。”德西·考格兰轻蔑地说。跟着奥德怀尔干，利亚姆·帕特恐怕只能一辈子翻铲湿水泥了。

德西也住在这片房子中。他是结婚入赘进来的，第二个孩子出生时买了栋房子。德西在兄弟会有一些宏伟的想法，一两杯酒下肚后，那些想法仍然存在。他长篇大论地说起极端共和运动的“那帮小子”和“那些关系”，俨然成了一个操纵全局的人。实际上他的本行是泥瓦匠。

“到了那儿就给那人打电话。”他告诉利亚姆·帕特，利亚姆·帕特就把号码记了下来。他一直都崇拜德西，德西追罗西塔·德鲁迪不费吹灰之力，最后把她娶到了手；德西虽然从没摸过曲棍球，却似乎知道比赛结果；他嘴里叼着香烟还能说话，声音压得很低，让你听不清他在说什么，眼睛眯起来强调他要透露的内容绝对是机密。有几个人说德西·考格兰光说不练，但利亚姆·帕特不这么看。

还不错，利亚姆·帕特在伦敦待了一星期后，在一张明信片上写道，有一个伙计来自利斯摩①，还有一个来自韦斯特米斯郡②。他在一个名叫哈克斯特的工头手下，开水泥搅拌机，填地基。他没有在短信上写他感到孤独。工钱是奥德怀尔给的两倍，他在卡片底部挤进这么一句，卡片上的图画是一个近卫兵站在岗亭里。

布洛根太太把卡片放在壁炉架上。她自己也感到孤独，她早就知道，最小的孩子走了，家里肯定冷清。布洛根去了外面的花园，尽量不去想伦敦是个什么样的地方。利亚姆·帕特跟他妈妈一样任性，布洛根先生想。脾气还不错，就是任性，他俩都是一样的红头发，不过布洛根太太的头发已经变得花白。他曾请求穆内神父找利亚姆·帕特谈谈，但根本没用。

从那之后，每过大约四个星期，利亚姆·帕特会在星期六晚上打来电话。他们总希望能听到他说打算回来，但他只是说一份活儿干完了，又开始了新的一份，每天早晨等着大卡车来接，从他住的地方开过半个伦敦城。认识德西·考格兰的那个人，像德西·考

---

①② 爱尔兰地名。

格兰说的那样给了他这份工作。利亚姆·帕特一到伦敦就给那个名叫菲尼的人打了电话。“一位哈克斯特先生正在招年轻人。”菲尼说。在星期六的电话里——每次都是母亲先说，然后父亲再说一两句——利亚姆·帕特没有透露，他向哈克斯特打听学手艺的事时，工头说愿干就干、不干走人，他那儿需要的就是个打杂的。利亚姆·帕特也没有告诉父母，从他到包工队的第一天上午起，哈克斯特就一直跟他作对，在利亚姆·帕特看来根本毫无原因。包工队的工友们说，哈克斯特就喜欢这样跟某人作对。

他们没有探究为什么，利亚姆·帕特也没有。他们不知道，哈克斯特生活中的种种缺陷，必须有一个替罪羊来弥补——哈克斯特的老婆经常拒绝他自认为合理的卧室权利，这是种马和猎狗的失败。而且，监工的冷嘲热讽，华而不实的建筑师的挑剔，也都需要有人来补偿。哈克斯特是个黑胡子的大块头男人，干起活来像手下的人一样卖命，脱得只剩背心，一条黄铜皮带系住裤子以防滑脱。“这是个什么名字啊？”利亚姆·帕特把名字告诉他时，他这么说，并执意叫他米克。似乎是利亚姆·帕特脸上的雀斑激怒了哈克斯特，他虽然对爱尔兰口音早就熟悉，却硬让自己相信听不懂利亚姆·帕特的话。“哦，典型的爱尔兰人。”哈克斯特总是这么说，即使利亚姆·帕特做了某件聪明的事，比如在泥浆里放几块木板，让手推车在上面走。

利亚姆·帕特在哈克斯特手下干了六个星期后，那个名叫菲尼的人又找到他，在一个星期天给他打来电话。“混得怎么样？”菲尼问道，“稳定下来了吗，小伙子？”

利亚姆·帕特说还好。几天后，他跟包工队的另外两个爱尔兰小伙子一起，站在一家名叫马和马刺酒吧的吧台那儿，菲尼走了进来。“你干得怎么样?”菲尼做了自我介绍后问道。他五官干巴巴的，黑头发，额头上有个V型发尖。看模样像个神职人员，但他很快申明自己不是牧师。他在一家玻璃厂工作，他说。

他和他们三个都握了手，跟拉菲提和努南握手时，那热情劲儿不亚于跟利亚姆·帕特握手。他给他们买了酒，他们想掏钱时，他坚决不让，说绝不能让年轻人买单。他只希望有人做个伴儿，他说：“不然可怜的外乡人怎么混得下去呢?”

这句感叹得到了大家的共鸣。菲尼说，有一些人来找他，待不了几天就熬不住了。“想妈妈了。”他说，薄薄的嘴唇往后一咧，扯出一个笑容，拉菲提后来说这让他想起一条狗在叫。“一次，有个年轻人连火车都没敢下。”菲尼说。

从那之后，菲尼经常到马和马刺酒吧来逛逛。在接下来的谈话中，他提一些问题，对谈话表露出兴趣，得知了哈克斯特在挑利亚姆·帕特的刺儿。他本人并不认识哈克斯特，他说。拉菲提和努南都向他解释，利亚姆·帕特完全有理由多诉诉苦，要知道，如果哈克斯特想找谁的麻烦，那可不是闹着玩的。菲尼深感同情，用他特有的方式抿紧嘴巴，厌恶地摇了摇头。拉菲提和努南推断，大概是因为听了这么些事，所以菲尼对利亚姆·帕特格外友好，超过了对他们俩，在这种情况下这也是公平的。

菲尼带利亚姆·帕特去看赛狗，给他找了个更好的住处，有一次利亚姆·帕特周转不开时还借钱给他，而且没有催他还。时间一星期一星期地过去，如果没有哈克斯特，利亚姆·帕特的生活还算过得不错。“啊，没事，我很好。”星期六打电话回家时，他继续报喜不报忧，仍然不提他跟工头相处中的麻烦。但确实有几次闪过这样的念头：某个星期一早晨，不再等卡车把他接走，他已经受够了。

“那你怎么办呢，利亚姆·帕特？”菲尼在鲍勃餐厅问道，他周末经常跟利亚姆·帕特一起在这里吃饭。

“回家。”

菲尼点点头，然后叹了口气，顿了顿，说确实有这种事。他以前见过，一个凶狠霸道的工头，专门跟某个年轻人过不去。

“太过分了，我恨他。”

菲尼又一次沉默了。然后他说：

“他们瞧不起我们。”

“什么意思？”

“凡是带爱尔兰口音的人。就是那样。”

“你是指扔炸弹之类的事？”

“我的意思是，你在呼吸他们的空气，他们要管你收费。利亚姆·帕特，我第一次碰到你的时候，你那两个朋友不是说另一家酒吧不招待你们吗？”

“那是啤酒花酒吧。他们不招待穿工作服的人。”

菲尼隔着一盘炒肝和土豆，探过身来。他把声音压得低低的。“我们走后，他们会把餐具洗两遍。盘子，杯子，你喝酒的玻璃杯。有一次我在一家自助洗衣店，洗完衣服后把机器让给一个女人，我刚开口，她就说‘谢谢，不用’。”

利亚姆·帕特从未有过这样的经历，但人们确实不友好。在包工队里还行，他和拉菲提、努南或菲尼一起出去时也没事。但人们看到你过来时，不笑，不点头，也不说话。他第一次租房的那个房东太太疑神疑鬼，每次他出门时她都守在客厅里，似乎生怕他卷了她的东西逃走。在菲尼帮他找的那个地方，一个并不住在那儿、不知其名的男人，每个星期天早晨过来，你把房钱给他，他给你写一张纸条。从来都不说一句话，利亚姆·帕特经常怀疑他是不是说话有障碍。虽然厨房里有别人的食物，虽然楼梯上、有时候头顶上有传来脚步声，但利亚姆·帕特在那里住了几个星期，都没有见到一个别的房客，也没有听见别人的说话声。楼下一个房间的窗帘一直拉得严严的，那窗帘你在外面也看得见，这更增加了房子死气沉沉的气氛。

“一直以来都是这样，”菲尼说，“蠢得像猪一样。他们会写自己的名字吗？你可以看出他们在使劲地想。”

哈克斯特总是直截了当地说出来。“你给我动点脑子吧。”哈克斯特朝利亚姆·帕特嚷嚷，一旦有什么事不合心意就说爱尔兰的萝卜都比利亚姆有脑子。还有一次他说：“把那该死的小岛拖到大海里去算了。也让他们尝尝厉害。”

“我没法给你换工作，”菲尼说，“如果可能，我肯定会帮忙。”

“那，换个包工队呢？”

“也许再过两个星期会有机会。”

“太好了，换个包工队。”

“你认识麦克泰格吗？”

利亚姆·帕特摇摇头。他说菲尼已经问过他一次了。“麦克泰格手下有包工队吗？”他问。

“他是赌马经纪所的。如果你认识麦克泰格就好了。会有好处的，利亚姆·帕特。”

*

几天后，利亚姆正跟拉菲提和努南在马和马刺酒吧喝酒，菲尼过来了，然后，他和利亚姆·帕特一起走出了酒吧。

“咱们去喝一杯吧？”他提议道，利亚姆·帕特感到吃惊，因为他们出来的时候酒吧正在打烊，其他地方应该也关门了。“没问题。”菲尼说，完全不以为意。

“我还要赶末班车呢。还有十分钟了。”

“你可以在我们去的地方睡觉。绝对没问题，小伙子。”

他怀疑菲尼是不是喝醉了。他坚持说最好回自己床上睡觉，但菲尼似乎没听见他的话。他们拐进一条小巷，转到一座房子的后面。菲尼轻轻敲了敲玻璃窗，电视机里的说话声几乎立刻就停止了。房子的后门开了。

“这是利亚姆·帕特·布洛根。”菲尼说。

一个身材肥壮的中年男人站在长方形的光影里，红彤彤的大脸膛上是粗硬的浅色头发。他穿着黑色的毛线衫和长裤。

“是条硬汉。”他招呼利亚姆·帕特，伸出一只手，拇指边缘有一道正在愈合的伤疤。

“这位是麦克泰格先生。”菲尼结束了他的介绍，“我们路过这儿。”

麦克泰格先生领他们走进厨房。他打开两罐啤酒，递给客人一人一罐，自己从冰箱顶上又拿了一罐。是卡林啤酒，黑方。

“干得怎么样啊，利亚姆·帕特？”麦克泰格先生问。

利亚姆·帕特说还行，可是菲尼轻声否认了这一点。还是老一套，他汇报说，工头百般刁难一个爱尔兰小伙子。麦克泰格先生同情地摆动了一下硕大的方脑袋。他声音粗厚，似乎是从胸腔深处发出来的。是贝尔法斯特人，利亚姆·帕特习惯了他的口音后对自己说，一个城里人。

“房间还好吧？”麦克泰格先生出其不意地问道，“安顿下来了吗？”

利亚姆·帕特说房间不错。菲尼说：

“是麦克泰格先生帮你找的。”

“房间？”

“当然。”

“那座房子我熟悉。”麦克泰格先生说，却没有做更多的解释。他透露了一个赛马信息，牛顿阿伯特的卡桑德拉之友，第一场。

“把所有的钱都压上吧，利亚姆·帕特。”菲尼建议道，说完便哈哈大笑。他们只待了半个小时，然后顺着原路离开厨房，出门来到后院。在街上，菲尼说：

“你有麦克泰格先生罩着呢。”

利亚姆·帕特没听明白，但也没说。大概跟那个赛马信息有关吧，他暗想。他问，星期天早晨过来收房租的那个人是谁。

“我怎么知道呢，小伙子。”

“目前我好像是那里唯一的房客。似乎有几个房客搬走了。”

“这样你可清静了。”

“是很清静。”

那天晚上，利亚姆·帕特不得不走回住处。根本不可能在麦克泰格先生家睡觉。他走了将近两个小时，但夜晚很舒服，他并不介意走路。他把刚才的对话在脑海里过了一遍，想起麦克泰格先生那样关心他的生活，仍然感到迷惑不解。他一躺下就睡得很沉，因为太晚了，连衣服都没顾得上脱。

*

时间一星期一星期地过去，利亚姆·帕特没有再看见菲尼。他住的那栋房子的另一间屋子又住进了人，但只住了一个周末，之后似乎又只剩他一个人了。在一个星期五，哈克斯特把拉菲提和努南的身份证还给了他们，说他们磨洋工。“如果你愿意就留下。”他对利亚姆·帕特说，利亚姆·帕特意识到工头哈克斯特不愿意他走，因为他充当着他的出气筒。可是没有了朋友，他感到孤单，而且内心总有一种怨恨的情绪在作祟，工头这样对他，使周围陌生人对他的态度也发生了扭曲。

“我想回去了。”后来有一天晚上在马和马刺酒吧门外碰到菲尼时，他说。他起初以为菲尼抱怨自助洗衣房的遭遇，以及盘子被清洗两遍的事是过于敏感了，但现在觉得那或许是真的。你在一家店里买包香烟，老板娘都不肯跟你聊几分钟，虽然你昨天刚进来过。这个城里唯一的好去处就是酒吧，你可以见到家乡的小伙子，可以轻松地说笑、玩闹一会儿，如果酒吧允许的话，还可以唱唱歌儿。可是深夜打烊之后，你还是一个人。

“你干吗要回去，孩子？”

“这里不适合我。”

“我明白你的意思。我当年也经常这么想。”

“这不是年轻人应该过的生活。”

“他们把你们赶了出去。他们折磨了我们整整八个世纪，现在又故技重演。”

“他骂我妈妈是人渣。”

哈克斯特连给布洛根太太系鞋带都没资格，菲尼说。他以前见过这一套，他说。“他们都一个样儿，孩子。”

“再过几个星期，把这个活儿弄完就不干了。”

“你回家过圣诞节。”

“是的。”

他们在街上慢慢地走，酒吧的人散了，夜晚的空气潮湿而寒冷。黑暗中，菲尼在一盏不亮的路灯下停住脚步。他轻声说道：

“麦克泰格先生有事找你。”

听起来好像又是赛马信息，但菲尼说不是。他默默地往前走，利亚姆·帕特对自己说可能是一份新的工作，换一个工头。他思忖着。哈克斯特是最可恶的，但可恶的不仅仅是哈克斯特。利亚姆·帕特想家了，他想念那片房子，想念逢人便会跟你打招呼的小镇。来这里后，吃东西一直瞎对付，前一天晚上买来三明治，早上和中午拿它充饥，稍晚些再吃点汉堡和薯条，星期天去鲍勃餐厅吃一顿。来之前没想过这件事——吃什么，星期天怎么打发。有几次做弥撒时看见一个姑娘模样挺可心，每次都见着那个姑娘，面容娴静，头发扎在脑后。可是几星期前，他做完弥撒朝她走去时，她却一言不发地转身离开了。

“我不想找新的工作了。”他说。

“为什么呢，利亚姆·帕特？就因为他们让你遭了罪？”

“我记得你好像说麦克泰格先生……”

“啊，不是，不是。麦克泰格先生只是想起你曾经跟德西·考格兰一起发过小册子。”

他们仍在慢慢朝前走，菲尼控制着速度。

“当时我们还是小孩子呢。”利亚姆·帕特说，对方提到这件事令他吃惊。

“但你们还是表明了自己的立场。”

利亚姆·帕特没听明白。他不知道为什么要谈起他还在兄弟会时候的事情，当时他和德西·考格兰经常把宣传自由的小册子塞进别人的信箱。天一黑就干，不让别人看见。是秘密活动，德西说，有两次他还提到迈克尔·科林斯①。

① 迈克尔·科林斯（1890—1922），爱尔兰自由邦创建者之一，新芬党人，参加过1916年复活节起义，曾任爱尔兰共和国财政部长、共和军总司令，在内战中遭伏击身亡。

“麦克泰格先生带话过来了。”菲尼说。

“我们要去拜访吗？”

“他请我们喝啤酒。”

“我们到处发小册子的时候，只是在扮演英雄。”

“你做的这件事被人记住了。”

利亚姆·帕特从来不知道那些小册子是哪儿来的。德西·考格兰只说是兄弟们印的，但更有可能来自理发师高根，一个年迈的男人，在一九二一年丢了左手的四根手指。利亚姆·帕特经常发现德西从高根家出来，或在理发师招牌下的门口跟高根说话。高根虽然缺了手指，但并不妨碍他给人刮胡子和剪头发。

“进来吧，”麦克泰格先生给他们打开后门，邀请道，“今天晚上又冷又湿。”

他们又坐在厨房里了。麦克泰格先生递过来黑方卡林啤酒。

“你来干这件事吧，利亚姆。”

“什么事，麦克泰格先生？”

“菲尼会把详情告诉你。”

“问题是，我就要回爱尔兰了。”

“我就想到你要回去。‘有一个人要回家了。’我对自己说。菲尼，我是不是说过？”

“确实说过，麦克泰格先生。”

“我是在想，利亚姆，你在回去之前，可以帮我把那件小事做了。就像我们那天晚上商量的那样。”麦克泰格先生说，利亚姆·帕特怀疑那天晚上是不是啤酒喝多了，因为他根本不记得他们商量过什么事情。

*

菲尼打开窗帘一直紧闭的那个房间的门，把东西从地板下拿了出来。他没有开灯，只用手电筒照了照他掀开的地板下面。利亚姆·帕特看见了红色和黑色的电线，以及一个定时器的浅黄色表面。小事一桩，菲尼说着，关掉了手电筒。

利亚姆·帕特听见地板被放回原处。他走回房门外的走廊。然后和菲尼一起穿过门厅，上楼回到利亚姆·帕特的房间。

“把百叶窗拉下来，孩子。”菲尼说。

洗脸盆上方的镜子边沿下插着一张利亚姆·帕特母亲的照片，上面是他父亲的一张照片，露在外面的两个角已经卷了起来。他从爱尔兰带来的廉价的褐色手提箱，敞开着放在地板上，从自助洗衣店里取来的衣服堆在里面，还没有分拣整理。这箱子是在埃米特街的拉西店里买的，那是他向奥德怀尔提出辞职的第二天。

“现在听我说。”菲尼说，在床上坐了下来。

弹簧发出刺耳的声音。菲尼伸出一只手，按住突然晃动的床头板。“我很高兴看到它。”他说，朝一张卡片偏了偏脑袋，利亚姆·帕特的母亲让利亚姆保证，在外面不管找到什么样的房间，都要把这张卡片摆出来。圣婴耶稣在圣母玛利亚的怀抱里幸福地举起两个胖乎乎的手指。

“我不打算做你们想的那件事。”利亚姆·帕特说。

“是麦克泰格先生把你弄过来的，孩子。”

菲尼皱缩的五官毫无表情。他身上那套牧师般的西装已经不成样子，胳膊肘都磨穿了。一条细得像鞋带一样的领带，从脏兮兮的衬衫领口间挂下来，那个小小的结硬邦邦、亮闪闪的。他说到是麦克泰格先生把利亚姆·帕特带出来时，眼睛盯着自己的膝盖。利亚姆·帕特说：

“但我是自己过来的。”

菲尼仍在研究蒙住膝盖的黑色裤料，似乎担心那里也被磨破了，他摇了摇头。

“是麦克泰格先生搞定了这个房间。麦克泰格先生在关照你的生活。‘我喜欢利亚姆·帕特·布洛根那种类型。’这是他的原话，孩子。你和我，我们第一次去看他，他不是第二天一大早八点钟就给我打电话了吗？你想知道他那次说了什么吗？”

“不，不想。”

“‘利亚姆·帕特·布洛根是条好汉。’这是他的原话。”

“但我还是不能做你们说的那件事。”

“听我说，孩子。他们没有你的记录。你只是一个普普通通、回家过圣诞节的爱尔兰小子。你明白我说的话吗，利亚姆·帕特？”

“我来这里之前，从来没听说过麦克泰格先生。”

“他是你的朋友，利亚姆·帕特，我也是你的朋友。我是不是一直都够朋友，利亚姆·帕特？”

“绝对是的。”

“这就是我想说的。”

“我绝对没有勇气去扔炸弹。”

“是啊，有谁愿意这么做呢？在上帝的土地上，有谁愿意做这样的选择呢，孩子？”菲尼顿了顿。他从裤子口袋里掏出一块手绢，捂在鼻子下面。在进入利亚姆·帕特的房间之后他第一次正面看着利亚姆。“不会有什么伤害的，孩子。没有生命危险，也不会受伤。不会有那样的事。”

利亚姆·帕特皱起眉头。他摇摇头，表示仍然迷惑不解。

“麦克泰格先生不会让任何人流血牺牲。”菲尼继续说道，“一个星期天的晚上。你听懂我的意思了吗？星期天的城里总是一片死寂。但千万别把细节写下来。日期，时间，我跟你说的话，一个字都不能写。”他敲了敲脑袋侧面，“一个字都不能写，只能记在脑子里。”

菲尼继续说着。因为房间里没有椅子，利亚姆·帕特坐在地上，背靠墙壁。小事一桩，菲尼又说了一遍。他谈到麦克泰格先生，谈到麦克泰格先生拥有的使命，跟每一位值得尊敬的爱尔兰人的使命一样，离家越远，使命感越强。“明白我的话吗？”菲尼经常这么问，长篇大论里点缀着这样的问句，生怕对方没有理解需要搞清的内容。“乌尔夫·托恩①的梦，”他说，“伊萨克·巴特②和查尔斯·斯图亚特·巴涅尔③的梦。爱德华·菲茨杰拉德

① 乌尔夫·托恩，爱尔兰民族主义者。

② 伊萨克·巴特（1813—1879），爱尔兰民族主义者。

③ 查尔斯·斯图亚特·巴涅尔（1846—1890），爱尔兰民族主义者，爱尔兰自治运动领导人，曾任英国议会下院议员。

勋爵①的梦。”

这些名字使利亚姆·帕特想起了学生时代的往事，非神职教师里尔丹提问这些人的情况，咬住的胡须遮住了长长的上唇，细条子衣服上沾着一道粉笔灰。“你说的那个菲茨杰拉德也参与了伯爵的流亡②吗？”哈西塞有一次问，里尔丹一副倨傲的样子。

“杀戮无辜者，”菲尼说，“血腥的星期天。”他谈到谎言和欺骗，谈到虚伪和背信弃义，谈到恃强凌弱，跟哈克斯特的霸道行径没有什么两样。“奥康内尔③，”他说，“皮尔斯④，迈克尔·科林斯。这些都是好汉，利亚姆·帕特，你会超越他们中间的一位。你会超越三米之高。”

就像一条鱼受到一只蚯蚓的诱惑同时又疑虑难消，利亚姆·帕特被菲尼滔滔不绝的话吸引住了。“上帝啊，你自己也会成为英雄。”当年他们分发小册子时，德西·考格兰有一天晚上这样称赞他。他见过路边纪念英雄生平的十字架，就在几星期前还看过那部电影。他头靠着墙，眼睛盯着菲尼，仿佛看见自己迈着迈克尔·科林斯那

---

① 爱德华·菲茨杰拉德勋爵，爱尔兰共和政体运动的重要人物。

② 泰隆伯爵奥尼尔因反对都铎王朝对爱尔兰的进攻，进行了九年的反抗。1602 年 1 月战败后，被迫流亡国外。

③ 丹尼尔·奥康内尔（1775—1847），爱尔兰民族主义运动领袖，参与创建天主教协会，迫使英国议会通过天主教徒“解放法案”，后被选入英下院，致力于废除 1800 年爱尔兰合并条例。

④ 帕特里克·亨利·皮尔斯（Patrick Henry Pearse，也作 Pádraig Pearse，1879—1916），爱尔兰民族主义者与政治家，1916 年复活节起义的领导人之一。在起义失败、皮尔斯被处决后，与他的兄弟和其他十四名领导人被视作该次起义的象征。

样矫健的步伐。菲尼的各种信誓旦旦的保证，以及菲尼举出的这些例子，激励了他，但他还是说道：

“但是，可能会有人经过。”

“不会有人经过的，孩子。之所以选一个星期天的晚上，就是为了确保这一点。只有空荡荡的办公室，大楼里无人看守。绝对没问题。”

菲尼起身离开床板。他用手示意了一下，利亚姆·帕特站了起来。从现在起到动手的时候，这栋房子里除了利亚姆·帕特不会有别人，菲尼说。什么也别写，他又叮嘱道。“你会被审问。警察可能会上火车。或者，他们会在你去的码头上。”

“那我对他们说什么呢？”

“就说你是回科克县的家里过圣诞节。就说你根本不知道他们问你的那些事情。从来都不知道。听都没听说过。”

“他们会问我认识你吗？他们会问我认识麦克泰格先生吗？”

“他们不会知道这些名字。如果他们向你打听名字，就说几个你们包工队的人，就说拉菲提和努南，说你在酒吧里听到过的名字。实在没办法了，就说菲尼和麦克泰格。他们不会明白你在说些什么。”

“这些不是你们的名字吗？”

“凭什么是呢，孩子？”

利亚姆·帕特拒绝做这件事的决心起初并未动摇，但随着菲尼不停地说呀说，那些话在利亚姆·帕特的脑海里变成了画面，他自己始终处于事件的中心，他意识到了一种兴奋。工头哈克斯特不会知道将要发生什么事，哈克斯特看到他还以为他跟以前一样。他买香烟或报纸时不跟他打招呼的那些人，也不会看出有什么两样。这兴奋带有一种力量，带有一种利亚姆·帕特有生以来从未有过的激奋。每天早晨他将揣着这个秘密去工地。他将带着秘密走过大街小巷，以前空无一物的内心藏着一股力量。“你身上有科克人的气质。”菲尼说，在窗帘紧闭的那个房间里，他向利亚姆·帕特交代了任务。

*

十六天过去了，被选定的那个星期天还没有到来。那段时间在马和马刺酒吧，利亚姆·帕特想学着菲尼和麦克泰格先生那样说话，用那种轻缓的语调，神神秘秘，字里行间含有某种隐秘的意思。他意识到自己情绪松弛，举手投足有了自信，比以前更容易加入别人的谈话。一天晚上，酒吧女招待朝他抛媚眼，就像多年前在布拉迪酒吧里罗西塔·德鲁迪朝德西·考格兰抛媚眼一样。

利亚姆·帕特没有再看见菲尼，因为菲尼提醒他不能再见。也没有看见麦克泰格先生。那个男人没来收房租，十六天里，房子里只有利亚姆·帕特一个人。他待在自己屋里，但有时会去掀起那几块锯开的地板，让自己熟悉一下要做的事情，确保运动包里有足够的空间，让计时钟放进去能方便设定。他没有在厨房里生火做饭，因为菲尼说过最好不要。他不太理解，但还是听从了吩咐，把它当成一项命令来接受，不提任何问题。他在屋里沏茶，在面包上抹黄油，在黄油上撒糖霜，打开青豆罐头和汤罐头，不加热就吃。那个选定的星期天要走的路线，他一共走了五趟，像菲尼建议的那样计算时间，渐渐对这条路线了如指掌，能敏感地觉察到可能出现的任何变化。

在那个星期天之前的星期六，他收拾好手提箱，把它拎到城市那头尤斯顿火车站的一个储物柜里，这也是听从菲尼的吩咐。回到房子里，他把已经打开的罐头和吃剩的食物收拾起来，装满一个购物袋，扔到了另一条街道的垃圾桶里。第二天，他一点钟在鲍勃餐厅吃了午饭，这是他最后一次在这里吃饭。这里的人比以前友好了。

他最后一次离开住处时，屋里已没有任何属于他的东西，整栋房子里都没有。菲尼叫他用放在楼梯底部做清洁用的飞利浦吸尘器打扫一下房间。菲尼说要彻底打扫，每个表面都不能放过，利亚姆·帕特照办了，他用的是不带吸尘管的小圆刷子。这是为了自我保护。菲尼还建议他最后用纸巾擦擦每扇门的把手，以及他可能接触过的所有地方。

七点过后，他又练习了一下定时。他想在楼下的房间里抽一支烟，然而没有，因为菲尼说过不能。他拉上运动包的拉链，背着它离开了房子。到了外面，他点上一支烟。

在去往两条街外的公共汽车站的路上，他把房子的钥匙扔进了一条阴沟，这也是按吩咐行事。当菲尼建议他把家具表面擦拭干净、确保不留下任何可以证明他身份的东西时，利亚姆·帕特似乎觉得麦克泰格先生不会操心这些琐事，麦克泰格先生只对完成任务感兴趣。他来到公共汽车的上层，在后面坐了下来。一对男女在下一站下去了，车上只剩下他一个人。

就在这时，利亚姆·帕特开始感到害怕了。在哈克斯特面前占个上风，知道一些哈克斯特不知道的秘密倒是不错，得到酒吧女招待的笑容也不错，但是带着装炸药的运动包坐在公共汽车上，就完全是另一码事了。他坐在地板上，头靠着墙，听菲尼说话时的那股兴奋劲儿，已经荡然无存。麦克泰格先生慧眼识英雄的说法，现在想来已不是那么回事，当他试图想象自己穿着迈克尔·科林斯的风衣，踏着迈克尔·科林斯的步伐时，却已完全想象不出。菲尼说他身上有科克人的气质，这句话听起来也毫无意义。

他坐在那里，运动包放在地上，他用双脚把它夹住。两条手臂突然感到一种倦意，一时间竟以为自己无法把它们举起，试了试，倒也没有问题，但那种倦意仍未消除。片刻之后，他感到一阵恶心，不由得闭上了双眼。

公共汽车颠簸晃荡着穿过星期天晚上空荡荡的街道，慢慢停靠在汽车站旁，发动机颤动着，利亚姆·帕特放在双膝间的那只手反复伸下去抓运动包的把手，把包放得更平稳些。他想下车，他想三步两步奔下座位旁边的楼梯，不等车停下就跳车而去，把运动包留在车上。虽然不能理解，但他感觉到了：这一切曾经发生过，他的恐惧突如其来，是因为他正在重新经历以前已然经历过的事情。

两个女孩一边闲聊一边走上楼梯，一直走到车的后面。她们咯咯笑着坐了下来，其中一个笑弯了腰，无法控制自己。另一个还在继续说着，也笑得不行，但利亚姆·帕特听不清她在说什么。售票员过来让她们买票，他走后，她们发现想抽烟却没有打火机。那个笑得特别厉害的坐在里面，紧靠窗户。另一个站起身，问利亚姆·帕特有没有打火机，他递给她一盒火柴，她说："谢谢。"他因为手在发抖，没有划火柴，尽管如此，她也肯定看到了。"谢谢。"她又说了一遍。

很可能是在做梦。他可能梦见过自己带着包坐在公共汽车上。他可能做完一个梦就把它忘了，经常会有这样的事。他最后一次见到菲尼的那个晚上，就似乎梦见自己在一辆公共汽车上，他想回忆第二天早晨从梦中醒来的情景，却想不起来了。

坐在窗边的女孩扭过头来，似乎听说了利亚姆·帕特递给她朋友一盒火柴，而不是替她划着一根，她们会因为这个记住他的。刚才走近他的那个女孩会记得这个运动包。过了几站，她们俩下车了，还是那个女孩说了句："开心点哦。"

这不是梦。而是几个月前摊在厨房桌上的那份《考察报》，父亲看着葬礼的报道连连摇头，质问为什么不能让那些人独自忧伤，为什么陌生人们挤在那里抢着搬棺材。"上帝啊！上帝啊！"父亲愤怒地感叹道。

这种事不是第一次。那也是一个星期天晚上，另一个小伙子，另一辆公共汽车。利亚姆·帕特努力回忆那个小伙子的名字，但想不起来了。"可怜的冷血英雄。"父亲说。

另一个德西·考格兰扮演英雄，搞定了一切，联系了另一个高根，联系了那些兄弟，他们排着队出现在葬礼上。另一个哈克斯特被专门挑选出来。另一个菲尼说事后完全来得及去尤斯顿火车站，十点整的火车，没有生命危险，身体也不会受伤。人行道和马路上的碎片残渣被收拢起来，皮肉和骨头，一个钱包的残片在四十米以外。

大本钟敲响八点时，他下车了，让手里的运动包跟身体保持一点距离，虽然知道这种以防万一的做法毫无意义。双手不再发抖，胃里的难受劲儿也过去了，但他仍然害怕，刚才在公共汽车上开始的那种恐惧，已在他内心扎下了根。

离大本钟敲响的地方不远处，河上有一座桥。他曾经跟拉菲提和努南走过这座桥，那时他刚来伦敦一个星期，他们以为是往福尔哈姆去，结果完全走错了。此刻，他知道该往哪儿走，但到了河堤上，却不得不停下来等待，因为周围有人，还有一辆辆汽车驶过。当那一刻到来，他把包放在河堤隆起的顶部时，又有一辆车开过，他以为车会停住开回来，车里的人会知道。但车继续往前开，包落进河里，几乎没有溅起水花，什么事也没发生。

*

奥德怀尔有工作给他干，但必须等到三月份年迈的霍伊尼到了退休年龄。还是操纵搅拌机，给屋顶涂柏油，一天结束后扫扫院子。他会干得很好的，奥德怀尔说。等着瞧吧，谁知道呢，再过一阵，利亚姆·帕特说不定能成为他的得力助手。他没有因为利亚姆·帕特擅自离开了一段时间而耿耿于怀。

“管住嘴巴，别乱说。”利亚姆·帕特意外回家的那天晚上，布洛根太太在安静的时候警告丈夫。利亚姆本来可以走他出去时的那条路，途经维克斯福德回来的，却拐了一个大弯，这使他们感到吃惊。“我没有赶上七点钟的火车。”他撒了个谎，布洛根太太知道他没说实话，因为她对自己的孩子有一种直觉。他这次突然回来，可能跟某个女孩子有关，她猜想。但她没有深究。

“是啊，不是每个人都合适的。”德西·考格兰在布拉迪酒吧里说。罗西塔现在随时都会有情况，他要严阵以待。他从没见过像罗西塔这么容易怀孕的女人，他说。他没有问利亚姆·帕特有没有用到他给的那个电话号码，是不是通过那个电话找到的工作。“恐怕要生十四个才罢休呢。”他说，罗西塔自己就有十一个兄弟姐妹。

利亚姆·帕特无论是在家里，还是对奥德怀尔，对德西·考格兰，都没有多说什么。老霍伊尼在奥德怀尔手下干完退休前的最后几个月，日子过得有些沉闷。老霍伊尼一辈子没有长进，一直是个打杂的小工，利亚姆·帕特知道自己也不会有什么出息。

他每天下午顺着蒙特罗斯路往外走，寒冷的季节，凛冽的风像刀子一样吹着他的手和脸。在一月和较为暖和的二月，他每天都走过蒙特罗斯大教堂锈迹斑斑的大门和通往巴里芬的路标，他想到那场葬礼，一些不受欢迎的人出现在葬礼上，有时他仿佛看到那是他自己的葬礼。

他一辈子都不能告诉别人。永远不能描述那座寂静的房子和麦克泰格先生严肃的面容，或复述菲尼说过的那些话。他永远不能说起公共汽车上的那两个女孩，说起他当时怎么无法划着一根火柴，说起他是怎么突然意识到这是第二次尝试。他永远不能说他站在那里，把运动包放在河堤上，包落水时没有发生任何事情。也不能说他走开时在哭泣，泪水顺着面颊流下来，落在衣服上，他为那个扔炸弹的人哭，那个人险些就是他自己。

他差点儿把包留在公共汽车上，他曾经这么想过。他差点儿冲下楼梯，迅速跳下汽车。但是他在恐惧中找到了一丝残存的勇气，而这跟那个男孩有关：他现在知道了，而且将会记住这种感觉。他是在哀悼那个男孩，他险些就会这样哀悼自己。

散步时，坐下来吃饭时，听父母谈话时，哀悼的情绪挥之不去，隐秘，孤单。在布拉迪酒吧，在他帮母亲买东西的小镇店铺里。当他重新为奥德怀尔操纵水泥搅拌机时，当他在严寒酷暑中翻铲湿水泥时。在蒙特罗斯路上，利亚姆·帕特没有迈着迈克尔·科林斯那样的步伐，而是纳闷他在恐惧中如何保留了那点勇气，并祈求他的哀悼永远不要结束。

生意上的朋友

整个夏季都在演《苍白的浅影》时，他们相爱了。托尼·奥兰多唱《大橡树上的黄丝带》时，他们结婚了。如今，这些曲调已成为被淡忘的记忆，几乎无踪可寻，他们忘记了普洛克·哈伦、苏西·奎特罗和兄弟情，很久以前就把兴趣转向了勃拉姆斯。

婚姻维持得不错，经历了各种风风雨雨，每一个阶段都顺顺当当地过来了。柯辽恩回忆起，新婚的丈夫在他们第一次派对上口无遮拦地抱怨她没有亲手做空心甜饼时，她曾那样大发雷霆，不禁哑然失笑。詹姆斯也曾道歉说，他当时因为咖啡洒在派德布里的《快乐园丁》上就摔门而去，实在做得荒唐；后来在里昂火车站错过晚班列车时他竟然那么不冷静，也很荒唐；还有，工人把瓷砖铺错，他们那样大吵大闹，也是滑稽可笑的。

敏感处迅速显露出来，火热的激情让位给了天伦之乐和家庭压力——三个孩子逐渐长大，他们的祖父母一天天老去。孩子们又长大了一些，一位祖父进了夕阳红疗养院，一位祖母进了老年关爱中心，家中便平静下来。中年生活的主旋律是互相迁就和让步；婚姻占据优势，并最终获胜。经历了战争，熬过了三伏天的倦怠，如今的爱情似乎比以前更牢靠了。

柯辽恩依旧那么苗条，一双蓝色的大眼睛依旧偶尔露出吃惊的神情。她的美并未消失：精致的五官——古典美的挺直的鼻梁，轮廓精巧的嘴唇——还跟以前没有两样，而那些细密的皱纹也别有一种魅力。她庆幸自己没有嫁给另一个人，并且从未想过出轨。她知道——用不着问——丈夫也从未对她不忠。

丈夫从事的是出版物和手稿的收藏。同时，他还和柯辽恩一起创办星号出版社，出版当红诗人的作品，中篇小说、短篇故事，偶尔还有某位作家十几二十页的回忆录，而那位作家的地位足以保证收藏者对回忆录的兴趣。他们是在家里做事——伦敦西南部的一座乡间老房子，离泰晤士河不远。参加地方拍卖会，寻觅被遗忘的善本和在世或已故文人的书信。与此形成鲜明对比的是星号出版社的要求——对字体和装帧的选择、合适的纸张颜色和重量、邮购业务。每六个月左右，就会出版一本结合了两种生计来源的目录。

许多年前，出版物和其他珍稀善本的生意把米钦索普带到他们身边，他专攻所谓的十九世纪的纸片文字。一位“生意上的朋友”，詹姆斯这么说他，其实这个称呼远不足以概括他。早在孩子们还没出生、祖父母的葬礼尚未举行时，米钦索普就定期出现在他们泰晤士河附近的家中，每次来都因为一些特别的纸片文字而兴奋不已，最让他高兴的，是他发现的东西挑战或质疑了学术界公认的观点。不管什么都行，因为不管什么都是特别的，或因为到了米钦索普手里而变得特别。他珍爱地摊出几封支离破碎的信件；只开了个头的狄更斯作品的某章；没有写完、划掉了又重新开始的柯勒律治诗作；一张给裁缝的字条儿；一页账单上的签名。都拿出来让詹姆斯和柯辽恩过目和欣赏。

米钦索普基本上只说他自己的事。评论维多利亚时期的某位作者写“l”和“y”时的笔画与众不同，然后把话题扯到自己身上，大谈特谈他写字母时的笔画也是那样或不是那样。听了关于天气的评论或预测，他回忆起有一次在威尼斯寻觅约翰·克劳斯的纸片文字，大雨下了六天，导致运河水位暴涨，他被困在旅馆里，手头没有别的读物，只能把切斯特顿写的勃朗宁传记又看了一遍，其实他第一遍看的时候就并不喜欢。如果预报有霜冻，他就回忆自己曾有一次因霜冻而患病。他有个叔叔在风暴中死于非命，被一棵樱桃树的树枝砸中。

米钦索普第一次成为生意上的朋友时，已经有点发福，现在更胖了。挂在脸周围的那圈赘肉白白的。镜片后的眼睛很小，是一种暗蓝灰色。年轻时，他的头发按惯例剪得很短；如今已然变得灰白，那样乱蓬蓬地盖住耳朵，柯辽恩听见她那爱搞笑的儿子说米钦索普活像《新约》里的一个圣徒。米钦索普本人如果听到这话倒不会介意，但可能会回忆起他上学时写过的一篇文章，是关于“最后的晚餐”的，还获了奖。他喜欢别人说到他，即便是贬损的话他也几乎听不出来。

第二个孩子三岁的时候，有一天柯辽恩走进起居室，听见米钦索普在解释他为什么不能吃牡蛎。他回忆说，在发现自己不能吃牡蛎之前，他曾经吃过几次，差点儿把命送了。接着，仍然顺着他的消化功能这一话题，谈到了小时候有一个裁缝喜欢上了他，每次他去她家玩，裁缝都准备了一些岩皮饼给他吃。岩皮饼倒没什么不良反应，尽管他有一次一口气吃了七个。然后，他改变话题，但表情和语调并没有变，开始讲述他第一次戴眼镜时感到一切都倾斜了——整个房间、路灯、脚下的人行道。这又使他想起有人唱过，“我们看到世界的样子，是上帝让我们看到的样子”。有一次在动物园他眼睁睁地看着一只猩猩逃跑。有一天在街上他认出了已故的鲍里斯·卡洛夫。他经常谈到侍者——上个星期的那个侍者多么娴熟或多么粗心，当时他吃了什么，和谁在一起。陪他一起吃饭的都是生意上的人，在喝汤、吃主菜和布丁的过程中买卖就谈成了。

过去，米钦索普的穿着看起来较为普通：那些衣服在年轻人身上几乎毫不显眼——牛仔裤和T恤衫——如今跟长长的花白头发配在一起，就比较扎眼了，似乎它们想要发表某个观点，或传播某种错误思想。跟它们搭配的还有厚厚的毛线衫，胸前一排角质纽扣。

“我们大概都是别人拿不出手的朋友。”柯辽恩曾说过这么一句，把丈夫和孩子们都逗得哈哈大笑，因为柯辽恩自己是绝对拿得出手的。

孩子们如今已长大成人——爱搞笑的男孩，两个较小的女孩——他们早就把米钦索普看成像父母家里那些熟悉的家具摆设一样了。像是某件很久以前就在那里的东西，如厅里的纽扣沙发，楼梯墙上那幅丑陋的骡子拉车的图画，二楼平台上的那张书桌。在三个孩子的整个生活中，米钦索普都常来常往，有时不请自来，一来就开始讲述他旅途中的某个细节。“哦，上帝，那家伙又来了！”孩子们喊，小时候这么喊，后来大了也这么喊。其实米钦索普不怎么留意他们，似乎都分辨不出哪个是哪个。直到现在，孩子们单独在一起的时候还像以前一样感到纳闷，他怎么一直是父母家一个受欢迎的访客呢？这件事让他们感到迷惑，接着就被打包放到一边，成为另一件代沟带来的蹊跷小事。

如今，孩子们自己也成了访客，生病了、恋爱不顺心了才会回来，却经常什么都不说就又走了；或者，他们，三个孩子都是，为了照顾母亲和父亲的感情而回来。二月一个阴雨的周末，他们回来一起吃星期天的午饭，庆祝母亲五十一岁生日，这将是他们在这座房子里最后一次庆生，因为在住了差不多二十五年之后，终于要搬家了。“现在你们都撇下我们走了，”柯辽恩曾说，“我们像两粒老豌豆，一摇哗哗响。”两天前，他们给苏塞克斯郡的一座改建烘炉房报了价。明天就能知道对方是否接受了。

柯辽恩已经暗自决定，如果对方不接受，她就想办法多筹些钱，支付对方所要的价格。她的童年就是在乡村度过的，她已经在考虑要不要养一条狗——西班牙猎犬——她曾经养过。孩子们都离家后，手头的时间多了起来；她还想再亲手种菜，栽一些芦笋，培育银莲花、铁线莲和菟葵。她本能地知道她会从中得到快乐。

孩子们走后，在漫长的黄昏，这座几个孩子在此出生的房子重新变得安静，柯辽恩畅想着这样的前景，心中感到愉悦。她穿着特地为生日午宴买的一条裙子，深浅不同的两种绿色，脖子上系着一条常春藤图案的丝巾。起居室里堆放着她收到的礼物，地上是撕开的硬纸包装盒，四种不同的彩色包装纸等着被折起来，圣诞节的时候可以再用。收到的卡片在壁炉架上。她跪在壁炉前的地毯上，身边是一个罗塞尔牌的胡椒磨，那台新的黄色咖啡机在她平常坐的扶手椅上，旁边放着马勒的第六交响曲的唱片。无烟燃料的火光把一丝热气投射在她身上。

柯辽恩想念她的孩子们。就是因为想念他们，她才考虑买烘炉房，考虑种菜种花。没准儿孩子们也会受到吸引，经常到那里去，次数会比到伦敦这座房子来得频繁，他们会喜欢在乡村避暑，而在肃杀的冬天，树木光秃秃的，褐色的篱笆落光了树叶，他们周末可以在乡间小道上散步。有时候她想念自己的孩子们，希望时间倒退，回到孩子们的喜怒哀乐很容易抚慰的时候，回到孩子们给予她那么多馈赠的时候，那些馈赠是一个丈夫无法给予的，哪怕是最慷慨的丈夫。曾经有过一次流产，詹姆斯和她自己从来不提；活着的几个孩子都不知道。

她忍住突如其来的一阵忧伤，又想起了一座尚不存在的花园里的四季变换，想起了把星号出版社的所有装备都摆在楼上的房间里。她不再跪着，把后背靠在椅子扶手上，双腿挪到一边，让自己更舒服些。她的眼皮垂了下来。

*

米钦索普按门铃的方式很独特，至少在这个家里足以表明是谁来了：短促的一声，比大多数人按得都短，而且绝不再按第二次。米钦索普知道门铃声每个房间都能听见，如果无人应答，就说明家里没人，尽管有几盏灯亮着。

正在打盹儿的柯辽恩受到惊扰，想象着米钦索普已经进了房间，并像她的孩子们那样抱着一个包装艳丽的礼物。这种半梦半醒、不真实的幻觉又持续了一会儿。她仿佛看见自己感激地拥抱米钦索普——这是以前从未有过的举动——并听见自己为访客带来的礼物而惊呼。

暮色转化为夜色。她往炉子里添了些煤，然后把三个窗户的窗帘都拉上了。楼下的客厅门被重重地关上。几分钟后，米钦索普穿着他那件黑色的长大衣站在起居室的门口，手里没拿礼物。

“我就知道它准在那儿。”他对着空气说，一贯如此，不专门对任何人，“两个月前的葬礼，八号处理藏书。他们根本不懂。那么多东西，他们根本不懂。就随便我挑了。”

他没有脱掉大衣。有时候他喜欢这样。他坐下了，嘴里仍在说着，说他在那个镇上的禁酒旅馆住了一夜，是那里唯一的一家旅馆。只有他和一个当地书商去谈买卖，而书商只要哈代的书。米钦索普懒洋洋地坐在沙发上，一边说话，一边擦拭眼镜，擦完又仔细地戴上。

“那一路真够呛。换了两次车，一棵树倒在了易明顿的路上。当然啦，我有格罗史密斯的东西要做注解。”

詹姆斯一边倒酒，一边点了点头。他浅色的头发已经毫无特征，而且从前额开始往后秃；他穿着浅黄褐色的条绒长裤、格子图案的厚衬衫、浅黄褐色的毛线衣，背有点儿驼了。

“柯辽恩过生日。”他说，递给米钦索普一杯干白葡萄酒。

然而，除了他自己之外的任何事或任何人都不会影响到米钦索普。他的表层很深，即使对他的了解再深入，也得不到比最初印象更多的东西。在网上闲逛是他的爱好，他有时候说。

因为午饭时喝了红酒，柯辽恩仍然感到有点儿头晕，面对詹姆斯递来的酒杯，她摇头谢绝，开始整理房间。米钦索普说他逐渐有了一个想法：康拉德跟一个名叫罗莎·胡戈沃夫的女人有通信往来。

“后来住在阿根廷，至于为什么，还是一个谜。我在网上查了那个名字。”

柯辽恩想知道他有没有发现她把一台黄色咖啡机搬到了房间那头，有没有留意她正在把地上残缺不全的硬纸包装盒收集起来。她清走了壁炉架上的生日贺卡。

“是匈牙利的某个女人。”米钦索普正在说，“听她的声音，像是罗莎·胡戈沃夫的孙女。”

他接受了倒给他的葡萄酒，柯辽恩不明白他为什么会在这里，接着意识到是为了讲述他的这趟旅途和他捞到的宝贝。有人曾经拜访过他的公寓，看见冰箱开着，里面只有孤零零的一瓶牛奶，盘子里放着没煮过的香肠和仍包着锡箔的黄油。米钦索普未婚，似乎从未跟任何人——不管男人或女人——有过所谓的感情关系。这是想当然的推测，但推测得很有把握，而且与已知的事实并不矛盾。

柯辽恩又坐了下来。谈话声轻了，变成一片模糊的低语，她没往耳朵里去。她对米钦索普没有反感，从来没有；他构不成任何威胁。有时候她甚至认为他并不令人讨厌，只是那么一个存在，一双浅蓝灰色的小眼睛，少年般的头发，看上去像《圣经》里的人。她不明白是怎么知道他爱自己的。

“我倒不是觉得自己老了。”她突然听见他说，心想他是不是终于明白这家里有人过生日，并说自己的生日是在八月——他以前说过一次，“那个女人在米什科尔茨市。有点儿英国血统。”

在柯辽恩的记忆中，他从未与她对视过，他不喜欢与任何人对视；然而她还是知道。好几年来——包括以前，因为她感觉时间还要更长一些——有一些东西直到今天都看似匪夷所思：米钦索普竟然能爱上某人，令人难以置信；他竟然能做得这样神秘，令人难以置信。柯辽恩焚烧她收集的硬纸板，继续不去听他们的谈话，但她又一次猜想他是否意识到她感觉出了他的爱慕。

“我们终于可以把房子卖掉了。”

她听见詹姆斯在传达这个消息，抬头看见它隐隐刺激着米钦索普肥胖的五官，如同他被迫去关注自己完全不感兴趣的事情时那样。

“我们找到了一座烘炉房。”她亲口说道。

这会儿的反应不同了。柯辽恩认识米钦索普这么多年，第一次看到他让自己的嘴巴张到表示吃惊的程度，而且没有合上。一双小眼睛气狠狠地瞪着空气。他坐着一动也不动，一只手攥着另一只手，两只手都压在胸口。

“在乡下吗？”

“是啊，苏塞克斯郡。”

停顿了一会儿，恢复了常态。米钦索普站了起来。“我的祖上也来自苏塞克斯郡。那是很久以前的事了。米钦索普麦芽酒。”

“我们会想念你的。”柯辽恩注意到自己的声音像她的一个孩子一样调皮。对方没有反过来说会想念他们。这位两手空空的访客沉默良久。但是他在离开前又说了一通互联网的事。

*

五天后的早晨，柯辽恩一边倒咖啡，一边等着听清早那通电话的内容。只有米钦索普会在五点到八点间跟他们联系。偶尔还会更早。

“他去看过了。”

“什么？看过什么？”

“那座烘炉房。他去过那儿。嗯，大概到了那附近吧。反正他去看过了。”

“可是，为什么呀？”

“这完全不像他的风格，但他竟然去了。大概是我把地址告诉他的。他倒是没问。”

“你是说他跑去那里，莫名其妙地打扰那些人？”

“他只是说他去看过了。”

柯辽恩感到一丝不安。承认米钦索普暗恋自己会令她沾沾自喜。但若是承认米钦索普从未表白，一切都只是她女性的直觉，则难免会陷于尴尬。是不是她自作多情呢？或者，说得更狠一点，是一个迟暮美人渴望别人的关注？“哦，不会吧。”柯辽恩仿佛听见詹姆斯表示异议，这样一来，暗自发笑的就是他了。还是不提为好，她总是这么想。

两天后的下午，他们又去看那座买下的房子，接待他们的是一个老人，叫维特里奇先生，以前没有见过，他的女儿女婿带他们俩四处看了看。他们可以量尺寸，小声谈论希望做哪些结构上的改变。

“真高兴你们的朋友也喜欢这里。”他们看完后，老人守着托盘上的几杯茶在楼下等他们，说道。

不住地道歉，还有听上去牵强的解释。真是乱弹琴，詹姆斯含混地嘀咕。

“哦，天哪，绝对不是！似乎米钦索普家族就有烘炉房。他还提到了米钦索普麦芽酒。”

花园基本上就是一片荒地，只有几棵灌木。目前的住户是一九六一年搬来的。维特里奇在妻子死后住了进来。他们一边喝茶一边聊着这些，还谈到十大功劳长势喜人，谈到冬石楠。可是柯辽恩和詹姆斯看不到什么石楠，不管是冬石楠还是夏石楠，在铺着鹅卵石的院子里，砖砌的苗圃间一片荒芜。

“毛脚燕每年都来做窝，但并不令人讨厌，”老人让他们放心，“实际上我真想一直待在这儿。”他点点头，又耸耸肩否定自己的愿望。“可是我们需要离人和事近一些呀。倒不是说这里完全与世隔绝。唉，我真是不想离开啊。”

“对不起，我们夺人所爱了。”詹姆斯笑着说，再次表示歉意。

“哦，天哪，别这么说！我只是说这里是个快乐的地方，希望你们住在这里也快乐。小路尽头有一趟公共汽车定时经过。我跟你们那位朋友说过了，因为他说他不开车。”

“是啊，他大概会来看我们呢。”柯辽恩笑了起来，但她知道米钦索普不是喜欢乡村的人，怀疑他不会经常来访——她注意到詹姆斯也这么想。多年的交往看来已经结束，生活格局发生了改变，友情难以为继。

“你们的朋友对户外厕所很感兴趣。”

*

“你打算跟我们生活在一起？”柯辽恩盯着那张肿胀的脸，但是那双死鱼眼睛也跟其他的一切那么呆滞。他解释说他去奈特敦考察一家图书馆，碰巧到了那座烘炉房附近，他的声音跟平常一样毫无生气。

“离那儿不到十五分钟。没什么有趣的东西。白跑一趟，真是恼火，我对自己说。”

“你对那个老头提到改造户外厕所？”

“我喜欢小的生活方式。喜欢小巧紧凑，喜欢周围的一切井井有条。东西用完就扔，从来不存。那一直是我的风格，大家都知道的。”

“我们没有打算改造户外厕所。”

米钦索普没有回答。他摘下眼镜，举得远远地看着。然后又把眼镜戴上，说道：

“你们猜我弄到了马多克斯·福德的什么宝贝？还记得马多克

斯·福德吧？”

“我们从没谈到过你跟我们生活在一起。”

没法知道他有没有听见这句话，有没有微微点头。柯辽恩了解到米钦索普麦芽酒是在马尔斯费德酿造的，但那是很久以前了。十八世纪三十年代，有一两代人酿过麦芽酒。

“我一直不太感兴趣的。也是碰巧了，突然就看到了那个姓氏。我相信是在洛克的《外省札记》里。”

“我们五月份就搬过去。”

福德的那本书污迹斑斑，卷首的图片也掉了。“得了，你们自己看看吧。才六块五，没想到吧？”

*

后来，柯辽恩把一切和盘托出。她听说米钦索普去过苏塞克斯时隐约感到的不安，现在更强烈了。二十多年来，他在一个家里来去自由，像一只不属于这个家的猫，像飞到窗台上的小鸟一样得到热情的招待。难道他把这一切都误会了？柯辽恩认为肯定是这样，孩子们和丈夫所认为的空穴来风，其实是某种既成事实的反映。米钦索普的可笑推断是一个头脑简单者的想当然，是他的麻木不仁造成了头脑简单。她应该这么说的，却发现说不出口。

她听着家人们的欢笑，等孩子们离开后，她说这件事都怪她，她应该预料到总有一天会发生这种事。

“当然不能怪你。”

“都怪我让他有了这种想法。”

“不能这么说。”

她告诉了丈夫，因为最终不得不说，因为原先无关紧要的事现在变得重要了。她说这是一种误会。她早就知道，却听之任之，纵容了它。

“哦，不会这样吧。不会吧。”

“我一直以为这没什么危险。”

“不会是你自己想多了吧？”

她不让陡然上升的怒气表现出来。丈夫笑眯眯地看着她，站在他们很快就将永远离开的客厅的窗口。他的笑容是善意的。他没有冷嘲热讽，也没有拿她取笑。

“不，不是我想多了。”

“可怜的大傻瓜。”

“是啊。”

她没有坦言：在她跟米钦索普最近的这次谈话之后，她为自己的冷漠感到后悔，而且令人不解的是，这几天晚上她竟然梦见他的影子落在烘炉房花园的雪地上，他的影子落在阳光灿烂的草地上，盖着户外厕所的鹅卵石院子的水池里有一个模糊的倒影。他肉乎乎的手掌被咖啡杯暖着，嘴里说个不停，而她在打蛋奶酥，他又回忆起那个给他做岩皮饼的裁缝。

“真可怕，”她说，“把某个人丢弃。”

“我知道。”

詹姆斯确实知道。她对此心知肚明，因为他们的亲密关系经常使她得以进入他的内心。丢弃某人，这不符合詹姆斯的性格，可是他们凭什么要迁就一个怪人笨拙而自私的想法呢？他们的回忆可以追溯到《苍白的浅影》，以及婚姻中的种种妥协与和解——他们决计要让这婚姻开花结果。她的朋友并不都符合丈夫的品位，反之亦然，还有其他一些分歧，随着时间的流逝都变得不再重要。他们逐渐形成的亲密关系就像生长的树根，不断蔓生，相互盘绕，使两人几乎合为一体。为什么现在会感到尴尬呢？

“事情终会变成这样，”她听见詹姆斯说，“日子一天天地过。”

“他的生活一无所有。”

她在替他辩护，自己却浑然不觉，接着意识到她以前也这么做过。在得知户外厕所的事之后，他们驱车回家，她提出那个老头可能听错了，他说附近有公共汽车可能只是提供不必要的信息，而不是回答对方的一个问题。孩子总是让人可怜的，柯辽恩发现自己在想，不管是什么样的孩子。

“这是一种不同的爱。”她喃喃地说，斟词酌句。

“不管怎样，这很荒谬。”

“我们认识他这么长时间，一直在照顾他。无论是我还是你。”

“亲爱的，我们可不能陪一个成年男人玩空想。”

她又看见了梦中的那个影子，从户外厕所穿过院子时，影子在鹅卵石地面上扭曲变形，黑乎乎地投在厨房的地上，挡住了桌面的阳光，桌上摆着她烹调用的东西。做影子很适合他，像他以前当笑料一样合适。

“他只是有过这个糊涂心思。”她说。

*

在五月一个凉爽的早晨，家具一件件地搬到人行道对面的搬家卡车上。卡车的门关上了，工人们开始喝茶。在空荡荡的房子里，柯辽恩从一间屋子走到另一间屋子，她的三个孩子在这里出生，在这里长大，然后离开了家，离开了她。现在还有谁会听他说话？还有谁会看着他目中无人地唠叨？还有谁会不想知道他在这次拍卖会上捞到了什么宝贝？还有谁会不想知道他不能吃牡蛎？

他们驱车离开时看见了他，但他没有挥手告别，好像已经不认识他们，好像从未认识过他们。“哦，他会去傍上另外的人，”孩子们说，他们每人都是这副腔调，“他不会太在乎你们离开。”她无法猜测他会有多在乎，他的思想会是什么状态，痛苦会在哪里，有多强烈。但痛苦确实存在，她能够感觉到。

他们这位拿不出手的朋友不会来了，一次也不会。因为他不开车，因为没有意义，因为太痛苦了。她不知道为什么他不会来，只知道不会。她不知道为什么她感到的怜悯那么强烈，只知道强烈，并知道他空想的爱并不荒谬。

低谷星期日

她把红酒放在阳光下，酒瓶在深陷的白色窗台上尚未开启。它在窗台表面投下一抹红晕，旁边是一个村姑抱着一捆玉米的瓷像，这是窗台上唯一的装饰品。感觉像是一种庆祝仪式，红酒摆出来了，捕捉星期日傍晚的最后一丝温暖，菲利帕猜想，哥哥星期五从芬勒特商店买这瓶红酒时，难道竟然忘了这个星期日是什么日子吗？

家里静悄悄的。楼上，汤姆可能在看书。周末的这个时候，他总是要看会儿书，她小时候就记得他经常这样，舒舒服服地坐在他卧室唯一的一张扶手椅里。那时，扶手椅里的他显得更利落些，两条腿压在身下，身体蜷缩在书的周围；如今，变长了的双腿大大咧咧地从靠垫下伸出来，一只胳膊耷拉着，翻书那只手的指尖夹着一支青烟袅袅的香烟。

相比之下，菲利帕娇小得多，浅黄色的头发，安静时恬淡的面容显得严肃，而一旦动起来，便有了一份俏丽。她衣着并不高档，但十分考究。今天穿的衬衫是深浅两种绿色条纹，一种跟裙子搭配，另一种跟精巧的祖母绿耳环搭配。一九五〇年的春天，她三十九岁，哥哥比她大三岁。

革命的成果阴差阳错地改变了他们的生活，使他们成为革命的牺牲品，对此他们俩都并不觉得遗憾。他们为发生的一切感到欣喜，甚至为革命时他们碰巧靠近事发地点而骄傲。他们目睹了一个国家的诞生，后来又经历了它的幼年时代，平淡无奇，百业待兴。一种可怕的美改变了他们以前不曾留意的土地。

在花园里，菲利帕摘郁金香、风信子和粉红色的榛树枝。汤姆的菜地用耙子耙过，做了标记，显示他那些尚未萌芽的种子在哪里，但是草药丛中冒出了一株株龙蒿叶、圆叶薄荷和独活草。细香葱长势正好，鼠尾草又抽出了柔嫩的新叶。汤姆曾说，到下一个周末，他们就该除除菜地边缘的杂草，翻翻板结的土壤了。

在厨房里，菲利帕开始把鲜花插进长条木头滴水板上的两个花瓶里。汤姆总是在芬勒特商店买红酒，把那瓶孤零零的酒放在他自行车把手上拴着的篮子里。星期日的午饭很简单——这种安排可以追溯到阿德莱德姑母生前——星期日唯一特别的就是晚餐时要喝红酒。在另一个家里——那时候菲利帕和哥哥还没有来到拉斯法汉——餐厅的餐具柜里放着一瓶瓶威士忌和雪莉酒，定期补足，而且不是摆在那里做样子的。“你需要喝两口。”在今天所要纪念的那个星期日，她父亲曾这么说，可怜的小乔·帕蒂说不出一句话，从头到脚都在发抖，像得了流感一样。“喝点儿提提神怎么样?”是另一种说法——用在泰森先生或希金斯先生来串门的时候——有时也会说：“来杯麦芽酒吧?”粉刷外墙的活儿干完之后，男人们收起刷子和梯子，便被叫进屋里来，餐具柜的玻璃杯里倒满了酒。给萨利蒙大街增光了，她父亲说，指的是刚干完的那个活儿，然后大家举杯庆祝。

“好了，我看完了。”汤姆说，他知道在哪儿能找到她。

“后来怎么样了?”

“她嫁给了那个海军。”

“他们会过得好的。”

“没问题。”

她觉得有人在注视自己。她把每根花茎剪到她想要的高度，听见他擦火柴的声音，知道如果转过头，会看见他一只手拿着香烟和火柴，另一只手拿着烟灰缸。他抽的是大玩家牌，以前是忍冬牌，当时他还买得起。“你在抽烟，汤姆!”阿德莱德姑母经常恼怒地大喊，“汤姆，你不能抽烟!”

他走到厨房，把烟灰缸里的烟灰倒进水池下的垃圾桶，然后打开水龙头冲了冲，放到一边，待会儿带回楼上去。

“那条老狗呢?”他问，“回来了吗?”

她摇摇头，然后，他们同时听见狗在花园里，只叫了一声，说明它从他们无法控制的游荡中回来了。菲利帕抬起头，透过水池上方的窗户往外看，果然，狗在草地上呼呼喘气，那是一条黑白相间的小猎狗，顺滑的皮毛已经湿透。

“它去了多德尔家，”她说，“或者别的什么地方。”

“这狗简直要把我烦死了。”

这个字可以这么用，他们俩都没有胆寒心惊。轻飘飘地用来说这条狗的胆大妄为，产生了另一种共鸣。在诗句中碰到，感受又不一样。就连复活节殉教故事——就在最近，在复活节前的星期五，在基督教堂里，他们刚把这个故事重温了一遍——也给了死亡一种神圣的含义，通过耶稣复活的奇迹使它变得不那么尖锐。然而，死亡曾影响过他们的生活，伤口至今仍未愈合，如果不去抑制，那痛苦惨烈的往事仍是那样触目惊心。

“我一小时左右回来。”汤姆说。

他骂了几句累瘫在草地上的狗，狗自知理亏，羞愧地弓着后背，只敢晃晃尾巴。菲利帕从窗口注视着一切，暗自猜想，狗不管累成什么样，都会陪汤姆去散步。她猜得没错。

“不着急。”她打开窗户朝外喊道，并让脸上露出笑容，因为突然意识到刚才两人对话时自己没有笑。她今年就走，她想。一走了之，让汤姆过他自己的生活。

*

他了解拉斯法汉这么多年，这地方几乎没什么变化，以后也不会有。这个傍晚，四下里不见一个人，几家小店打烊了，黄房子——他周末有时进去喝一杯——也没开门。太阳低低地挂在天空中，投下若有似无的影子。

“我们被邀请去拉斯法汉喝茶。”汤姆记得，在萨利蒙大街时母亲经常这么宣布，语气里透着她知道这个消息将会带来的喜悦。先乘电车，再走很长的路，所以必须是晴天，不然就会在最后一刻决定不去。“哦，阿德莱德姑母会知道原因的。”母亲总是说，其实一般只是延期。汤姆记得这样的事发生过两次，也许还有一次，现在记不清了。餐厅桌子上的大桌布，那座神秘的房子——当时确实很神秘——正是那些消息带来的喜悦所在。阿德莱德姑母做了鸡蛋三明治和沙丁鱼三明治，以及两种糕点——水果蛋糕和松糕——还有已经抹上黄油的小方面包、里面塞了葡萄干的司康饼。花园里的月桂树间，有一个隐秘的地方。

狗现在完全听话了，尽量贴近汤姆的腿边，蹦蹦跳跳地走着，毫无疲倦之色。“先生，天气不错，是不是？”汤姆不认识的一位老人说道，狗跑过去嗅了嗅他的裤管。“哦，我在附近见过你。”老人说，拍了拍狗的黑脑袋。

阿德莱德姑母生活中经历了怎样颠覆性的变故啊！她一百万年都不会猜到两个偶尔来喝茶的孩子，两个擅自溜到楼上、偷偷打开那些房门的孩子，两个在月桂树间窃窃私语、做游戏的孩子，竟然会日日夜夜在这里生活，把她的房子变成他们的家，所有的神秘一扫而光。汤姆在周末散步时，经常想到这点；回到家里，他和菲利帕经常共同感受这些思绪所带来的悔恨。他们曾是多么粗心、随意、考虑不周！“我只能躺倒了。”阿德莱德姑母经常这么说，于是她的女仆和贴身陪伴奈丽就会生气地解释，说是因为吵闹或争执。侍弄园子的穆菲每天都来——阿德莱德姑母的老姑娘生活什么都不缺——穆菲告诉他们，客厅窗口桌上那个银相框里的照片，那个留着黑胡子、不苟言笑的人，是姑母很多年前的一个追求者。他们经常猜想他是谁。

汤姆的妹妹断定他买红酒时不可能忘记这个星期日是什么日

子，她错了。汤姆之所以忘记，是因为——他推测——是因为他想要忘记；星期五的傍晚，他在芬勒特商店外下了自行车，心里一直想着他们的暑假生活，于是就发生了这件违反常规的事。不出一分钟他就发现了，可是觉得把那瓶酒还回去又不合适，回到家里，他认为如果不把酒拿进厨房会显得偷偷摸摸，不光明正大，因为他买了酒都会拿进去的。不用说，菲利帕感到意外，但他们向来都是心照不宣的。

再走过几排小木屋就到乡野了，汤姆轻轻哼唱《她远离大陆》的前几句。每次走到歌中所咏唱的那对情侣的地盘上，他都不由自主地想起这首歌；罗伯特·艾美特和莎拉·古兰也曾在这里漫步。遥望前方，太阳最后的一点余晖不再照亮奇拉马哥山坡上的那些荆豆丛，当年那对恋人没有被棒打鸳鸯时曾在这里享受甜蜜。英俊的、热情似火的罗伯特·艾美特，愚蠢的起义者；柔情似水的莎拉。汤姆心里想着他们，把他们当作朋友——在这里，或在远处荆豆丛山坡下的鹿苑里。他们曾坐在鹿苑的凉亭中，谈论未来的爱尔兰，谈论他们自己，谈论他们的未来。他们漫游到了未来，正如汤姆此刻漫游到了过去，假装偷听他们的谈话。漫步，与他们在一起，是今天的一部分。

他点了一支烟。无法抑制自己爱情的莎拉，也曾经是命运的牺牲品，虽然远离战场，但忍受着肉眼看不到的创伤所带来的痛苦。他们绞死了桀骜不驯的罗伯特·艾美特。

汤姆漫步向前，脑海中充斥着这些往事。如果美来到爱尔兰，其形式便是静谧：是爱尔兰黑夜中的一种寂静，是那些情侣不曾知道的一个避风港。他对他们感到怜悯。

*

菲利帕布置餐桌，先铺上那块漂白过的亚麻桌布。那是从萨利蒙大街的家里带过来的，如同那些备用的刀叉、戈尔韦玻璃杯和门厅里的桌子一样。可是大东西——那张可增加桌板的餐桌、吃饭的椅子、地毯、衣柜、餐具柜——都只能送去拍卖，因为姑母的房间已经够拥挤了。“错误。”阿德莱德姑母这么评论发生的事，似乎想表示安慰，因为没有别的。她经常这样重复这句话，每当有客人来，如果是以前没来过这个地区的人，或来自遥远过去的人，她也都会把这话再说一遍：解释她的家里为何有两个孩子。“一个严重的错误。”

他们在吃香肠，当然是海夫纳香肠，是菲利帕昨天专门去买的，说要到亨利大街去办事。香肠和土豆泥，再加上浇过糖汁的胡萝卜，是她最近刚学会的做法。然后是蒸无花果布丁，已经蒸了一个小时，还有奶油蛋羹。菲利帕经常猜想，如果是给一位丈夫做饭会有怎样的不同。她感觉到会有不同，正如她感觉汤姆每天回家都会有所不同，却不知道如何不同。“他对菲利帕可不只是哥哥，”姑母总是压低声音告诉客人，“当然，他大几岁嘛。”

她备好芥末，在银匣子的蓝色小玻璃杯里调匀。当年乔·帕蒂跑来疯狂敲门的时候，汤姆在栏杆旁听着。他们应该在床上睡觉的，却都蹲在那里，父亲说乔·帕蒂需要喝点酒，乔·帕蒂一直喊着有人在追他，母亲安慰他说麻烦过去了，现在一切都没事了。父亲说他自己亲眼见过：都柏林在大屠杀之后变得寂静。他曾站在那里，目睹以和平的名义缴械投降；现在没有什么可害怕的了。可是乔·帕蒂一直在说有人追他。

她戳起香肠，把它们放在锅里融化了的油脂上。“如果那人追来，我们会向他解释的。”母亲说，“我们会解释说，你跟这事没有一点关系，乔·帕蒂。”然后声音变得低沉模糊，离开了客厅。花园里传来喊叫声时，她醒着，却不记得到底是怎么回事。他们走到窗口往外看，见到了那人，穿着军装。“我们会解释的。”母亲又说了一遍，已经回到了客厅。“你待在那儿别动，孩子，”父亲说，“再喝一杯。”

香肠慢慢煎着。她把土豆放了上去。熟了以后汤姆会把它们打成泥，并加上黄油块和细香葱。“我想试试爱尔兰银行。”汤姆说，是为了取悦阿德莱德姑母，因为他们的父亲也曾去爱尔兰银行应聘，并受雇在学院绿地那幢宏伟的办公楼里工作了一辈子，就像汤姆现在一样。“房子归你们，没问题。”阿德莱德姑母去世前几个月说。

菲利帕从厨房窗口看见汤姆又在花园里了。这样的散步之后他经常从边门回来，不是直接进门，而是溜溜达达的，如果天气不好就搭个顺风车。她把汤姆先前给她摘的水芹洗了洗，切得细细的，准备放进胡萝卜里，三原色中两种鲜艳的颜色——她以前没注意，是汤姆有一次吃晚饭时说的。当年，汤姆把她从窗口拉走，她轻声低语：“可怜的乔·帕蒂！”因为她满心迷惑，他说不是，被打中的不是乔·帕蒂。她当时问他，他说了：因为不得不说，因为她必须要知道。他没有让她看。

“你想喝杯雪莉酒吗？”汤姆突然出现，就像之前进来告诉她已经看完那本书时一样。

“雪莉酒，好啊。”她说。

安吉希街，她想，安吉希街上的一间小公寓，都柏林的正中心。她总是被那条狭窄的小巷吸引，距汤姆的办公室不远，距陪审团旅馆也不远，偶尔午休时与汤姆在那里碰头，喝一杯咖啡。当然啦，他们仍然可以这么做，正如只要还受欢迎，她仍会来拜访拉斯法汉一样——来过周末，星期日来吃午饭，只要方便，怎么都行。她现在可以说了。时机合适，他们正喝着雪莉酒呢。

“路上有个老人，我不记得以前见过，”汤姆说，“就在桥那儿。”

“他过来跟姆卡斯一起生活。是她的父亲。”

“噢。”

花园里又会有孩子们跑来跑去，又会有欢声笑语，有家庭生日聚会。她会带来礼物，随着时光一年年过去，汤姆会渐渐转换成当年父亲的那个角色，并变得像父亲一样随和，有一肚子笑话可讲。孩子们会叽叽喳喳告诉她一些事，跟她说心里话，有时候小孩子对姑姑就是那样的。

她听见瓶盖扑通一声被拔出来，雪莉酒被倒进杯里，然后汤姆端着两个杯子从客厅走来。真是奇怪，来的那个军官竟然当着他们的面哭泣。哭得那么突然，那么别扭，那张肥厚的大脸上，红兮兮的赘肉因伤心和痛苦垮塌得不成样子，把他们吓坏了。“可惜啊，”

他嘟囔道，“可惜啊。”那个暴怒的士兵把乔·帕蒂错当成另一个患战斗疲劳症的人。他的军官——是管他的，对他负有责任，痛苦地一再解释——因情绪激动而声音哽咽，语不成调。他不知道也根本没想到，乔·帕蒂在街上被追逐，跑到这座房子里躲藏，实际上他跟这座房子的关系，就和那个失去理性的士兵跟乔·帕蒂的关系一样，八竿子都打不着：只是每隔两个月左右乔·帕蒂会来擦一次窗户。疯狂和死亡，战争就是这样，那个红脸膛的大块头军官这么说。他似乎做了某种许诺，只要他活着，就不可能忘记郊区一座花园里发生的事。

“差不多弄好了。”菲利帕在厨房里说，但哥哥还在打土豆泥，并撒上切碎的细香葱，她便啜着雪莉酒等了一会儿。

“汤姆……”她说，却发现很难继续说下去，他微笑着看着她，似乎完全猜到了她的心事。他甚至微微摇了摇头，不过她对此不能十分肯定，也许他并未摇头。他转过身，又专心干活去了，她便没有再说下去。

她想象着，在一间低矮的客厅里，煤炉噼噼啪啪燃烧着，毫无生气的橙色火焰中跳动着一朵蓝色火苗。安吉希街上没有多少人住，它不是那种生活气息浓郁的街道，但对她来说应该合适——窗外手推车的声音，隐隐约约的喊叫声。

“谢谢你。”她说，喝完了雪莉酒，这时看见汤姆的酒也已经喝完了。她把两个杯子洗净。三十四年了，她算着；再过这么多年，她七十三岁，汤姆将是七十六岁。那会儿该是一九八四年，距世纪末还有十六年，而一九一六年距世纪初也是十六年。

汤姆帮她把盘子端进餐厅，然后倒出红酒。此刻，他买红酒似乎不是个错误了。红酒会让难以启齿的话更容易说出口，他们喝了雪莉酒又喝红酒。

“听说要修一条新路了，”他说，“就在靠近马莱的地方。”

“我没听说。”

“哦，他们说那是以后的事。”

“也许不会发生。”

有一次在这样的星期日，他曾预言还会有一场接一场的战争；他曾预言爱尔兰明智的中立立场是正确的。他肯定不喜欢那里新修一条大马路。他讨厌摩托车轰隆隆驶过提布拉登，碾压野草、灌木和小树林，污染溪流。总有一天，来来往往的大卡车会使空气不再清新。

“汤姆。”她又说道。她在犹疑，起个话头，顿住，似乎是自然的停顿。安吉希街十三号，一个信封上写着，他们从三一学院穿过绿地，她听见了楼梯上他们的脚步声。她给他们煮咖啡，因为他们喜欢咖啡，还切了专门给他们准备的布蕾蛋糕。为什么是十三号呢？她纳闷，并猜想那里现在是不是还有空房，是不是某种预兆已经为她腾出了房间。她侄子像他父亲一样有着两条长腿，侄女已出落成一个美人儿。

“今年夏天？”汤姆说，“去纳布拉港怎么样？”他很耐心，什么话都没说。是一种善意，他的微笑也是一种善意。“纳布拉港？”他又说了一遍。

她点点头，强迫自己点头，因为他是善意的。她谈论夏天，因为他想谈。远离都柏林和拉斯法汉三个星期，在纳布拉港感受千年不变的沙滩、白色的农舍、在院子里啄食的母鸡。当他们锁上房门去多尼哥时，她像他一样喜欢这种感觉。即使天下着雨，她的夏装还在箱子里没拿出来，即使出不了门只能无奈地望着窗外，或嘎吱嘎吱踩着永远湿漉漉的鹅卵石。他们扫荡安格喜图书馆的书架，总是借回多得看不完的书，还书时总要罚一点钱。

“或者去别的什么地方，你说呢?”他说。

有一次他们去了格兰多尔，还有一年去了罗斯里格，但纳布拉港仍是他们的最爱。“不知道那鳏居的兄弟俩怎么样了。”汤姆说，她立刻就明白了他的意思：两位酒吧侍者在同一年死了妻子，在寄宿客栈的餐厅里几乎一言不发；那是在阿基尔。在格兰多尔，那个说爱尔兰语的督学有几个晚上过来串门。

“还是七月?”她说。

“恐怕是吧。”

“天气通常不错的。”

他点点头，她看出他想抽烟，但他从来不在吃饭时抽烟，她从没见过他那么做。

“是啊，那是肯定的。”他说。

*

他从她的眼睛里又一次看到了努力，感觉到她在对自己说不会很难，他会听的，那些话很容易说出口。曾经，一段时间以前，也许是十五年以前，她就已经说过；最近也有一次比今晚更接近于脱口而出。

“知道吗，复活节后的第一个星期日被称为低谷星期日。”他说。

“是的，我知道。”

在逐渐凝聚的沉默中，他倒出最后一点红酒。曾经有一次，他不在家的时候她哭过；他知道，因为他回来时她的笑容与平日不同，脸上的泪痕用粉扑过。现在就容易多了。只有低谷星期日仍使他们不能自拔，她把头紧贴在他的羊毛衫上，他的声音使她不忍去看。他为那些浪漫的灵魂所感受的怜悯，使这一刻不那么揪心；而她，对未来还抱有幻想。支离破碎的直觉构成他们的对话，真相藏在虚幻的言辞下面。别人谁也不会理解：到了明天，她会又一次明白这点。

他们收拾起桌上的碗碟，端进厨房。他洗碗，周末都是他洗。她把东西归置起来。疲倦的狗安卧在狗舍里。楼下的灯一盏盏熄灭。

随着一天天过去，往事都退后一点；而那些尚未耗去的时光，仍是那样令人胆寒。夜来了，四下里寂然无声。静谧的一九五〇年再次成为爱尔兰黑夜中的一个避风港。

旅　人

一年一度，当夏天快要过去的时候，盖伊会去岛上。一年一度，当他的拜访接近尾声时，会带贝颂内先生和夫人到酒店的餐馆吃饭。并不是一直都这么做的，他第一次接到贝颂内夫妇的邀请时是七岁。如今他三十二岁了，不再由母亲安排，从韦微港过来时托船夫照料，回去时托贝颂内夫人看护。在餐馆吃饭的传统保持了十三年，从农庄开着那辆运洋葱的卡车过来，贝颂内夫人穿着灰色和黑色的衣服，贝颂内先生诙谐地一直不脱掉他那顶船夫帽，直到快要进餐馆时，才摘下来塞进口袋。他们俩点的总是同样的东西：海鲫鱼，盖伊多半也是这样。开胃小菜是海螯虾汤。

“好了，说说吧。”贝颂内夫人说，每次点完了菜，品尝过马孔葡萄酒后，她总是这么说。“好了，说说吧？”她又问了一遍，在餐馆吃饭，可以透露一些盖伊逗留期间没有说出来的消息。

“杰拉德结婚了，”盖伊说，“让-克劳德去了非洲。”

“非洲？”

“也许一去不回了。我很想他。”

贝颂内先生不像妻子听得那么专心，目光在餐馆里扫来扫去，偶尔在一张漂亮的脸蛋上停留一下。有时候他轻声叹息。“你母亲好吗?”盖伊到来的第一天下午，他找了个没人的时候询问，每年都是这么做的。在贝颂内夫人看来，盖伊的母亲似乎并不存在。

“你升职了是吗，盖伊?”贝颂内夫人问道。

“三年才能升一次呢。”

“噢。”

“亲爱的。”贝颂内先生把一只手放在妻子手上，用亲昵的动作让她放心，她忘记不是每年都会升职没有关系。

“这里真让人愉快。”她喃喃地说，把手掌翻过来一会儿，脸上露出了这种时候特有的笑容。盖伊觉得自己被排斥在夫妇俩的交流之外，虽然他们是因为他才上这里来的。片刻的沉默过后，贝颂内先生说：

“这地方以前很不起眼。”

“后来赚了有十亿。”妻子提醒他。说不定有二十亿，他附和道。知道怎么赚钱的是佩德罗。但你在他餐馆里吃到的每一道菜都物有所值。

贝颂内先生满头白霜，浓密的头发耷拉到前额上，仍然可以看出当年英俊的面容，他妻子也风韵犹存。他们俩都大势已去，岁月的风霜雨雪留下了永远的烙印。然而这种损耗是和缓的：头发花白，但依然浓密，自有一种年老的魅力；贝颂内先生比以前清瘦，这更明显地体现出特有的气质风度；妻子的柔弱配上苗条依旧的身材，更是堪称完美。

“还有什么呢?”吃完餐前的开胃点心，她问道。

盖伊说起了十四俱乐部，因为实在想不到别的话题。他总是觉得奇怪，有些话说了，有些话不说，不仅是在这里，不仅是贝颂内夫妇。他母亲对岛上的事从来不问，甚至从来不提贝颂内夫妇，只是在他的童年时代，每年九月中旬会说他又该去看望他们了。一次，他试着告诉母亲，在刚过去的那一年里，贝颂内先生带着工人开垦和耕种了一两公顷土地，在原来矮树丛生的地里种了橄榄树和葡萄，还另外标出几米土地做灌溉之用。母亲没有表露出丝毫的兴趣。“哦，那是因为他们自己没有孩子，”当他询问贝颂内夫妇为什么邀请他去时，母亲总是这样说，“有时候是这样的。”

盖伊并不反感受到邀请。他喜欢农庄，喜欢岛屿，也喜欢贝颂内夫妇。他迷恋那焦干的土地、山脊和危险的悬崖。灰尘覆盖了植物，巨型仙人掌、村民们装饰自家院墙的紫色或红色牵牛花、黑莓灌木和夹竹桃的叶子。灰尘侵袭了丝柏木、欧石楠和盖伊从未见其开花的沙漠座莲。只有大石块和小湾里被海水反复冲刷的卵石躲过了灰色的尘埃。只有桉树和悬铃木矗立于灰尘之上。

海螯虾汤的伴菜上来了，是一位不熟悉的侍者，这个季节的侍者经常是新招的。他把手里的盘子放在三位用餐者方便够到的地方，开始盛汤。他又倒了一些马孔葡萄酒。

“真有范儿!”侍者走向另一张桌子时，贝颂内夫人轻声叹道。接着她又说：“你真好，盖伊，又带我们上这儿来!”

"这没什么。"

"哦，太好了，真的，亲爱的。"

这家酒店的餐馆能看到下面的一片山谷，远处是茂密的树林，这在岛上并不常见。山谷的底部是绿茵茵的草地，上面点缀着一片片夹竹桃，比饭店的海拔低了许多。此刻，在九月的暮色中，山谷一片灰暗，白天的绚丽色彩已经消失。早先给吃午饭的客人遮阳用的白蓝相间的篷子，已经卷了起来，玻璃滑门也关上了，以防蚊子进来。三十张桌子稀稀拉拉地摆放在宽敞的圆形空场里，每张都铺着僵硬的白色桌布，有两张今晚没有客人。自从盖伊和贝颂内夫妇在这家餐馆吃饭时起，佩德罗先生就是饭店的老板，此刻他正在做每晚的例行巡视，在每张桌子旁站一站，做个自我介绍，确保一切都按部就班。

贝颂内夫妇跟他很熟，如今盖伊也是。佩德罗逗留了一会儿，接受称赞，鞠躬表示感谢，详细介绍这个季节的特色，今年的情况特别好，虽然今晚餐馆没有全部坐满。饭店本身客满了，他解释说，只是眼下在港湾停泊的游艇少了。

"你们会成为我年头最久的顾客。"他说，握握手便走开了。

就在这时盖伊注意到，那个跟他隔两张桌子的姑娘有了一个同伴。姑娘一袭白衣，浅色的头发，体态纤弱；那个男人身材肥胖，穿一件耀眼的蓝色西装。盖伊刚才就注意到了那个姑娘，曾想，她竟然独自一人占据一张这么显眼的桌子，真是与众不同。

"太棒了！"贝颂内夫人看到侍者端着有盖的汤盆过来，兴奋地说道。

*

这个夜晚过得轻松愉快，就像在以前的许多个九月里一样。海鲫鱼的味道依然那么鲜美；伴随奶酪的是玻璃杯里的马尔戈葡萄酒。盖伊没能汇报生活中新的恋情，贝颂内夫人感到失望，但克制住了这种情绪。她询问克莱特的情况，后者曾是盖伊的未婚妻，听说克莱特已跟安德里·德勒斯保罗订婚，她努力露出了微笑。贝颂内先生谈到了洋葱的收成，今年因为凛冽的寒风，是他记忆中岛上最冷的一个十一月，寒风突然来袭，肆虐了好几个星期，是一种反季节的密史脱拉风①。但收成还是不错。

香草冰淇淋来了，还有芒果汁。冰淇淋小球十分优雅地放在黄边的绿盘子里，贝颂内夫人说真舍不得破坏它们。穿蓝西装的男人又一次离开，撇下同伴独自一人。姑娘一动不动地坐着，不再吃任何东西。咖啡给她端来了，但她没有往杯子里倒。侍者给她的同伴拿来一套杯子，放在他揉皱的纸巾旁。

“有时候真让人讨厌，”贝颂内先生说，他偶尔这样评论到岛上来的游客，“虽然他们带来了一点点活力。”

游客们从港口或村里租自行车，在沙滩的小路上骑来骑去。有的当天来回，有的要么住在村民的小客栈里，要么下榻在佩德罗先生的豪华饭店里。岛上允许行驶的车辆只有农用卡车、拖拉机、厢

① 密史脱拉风，地中海北岸的一种干冷西北风或北风。

式送货车，以及运送客人的小面包车。为了防火，有树木的地方禁止吸烟。

“哦，我们喜欢游客，”贝颂内夫人评论道，“当然喜欢。”

餐桌一张接一张地空了。贝颂内夫人认为很有范儿的侍者端来巧克力和咖啡时，只有少数几张桌子旁还有人——姑娘独自枯坐的那张，用餐者说意大利语的墙角的那张，第三张桌旁的一对夫妇此刻站了起来。穿蓝西装的男人回来了，脚步踉跄，走得很吃力，胡乱地送出抱歉的微笑，似乎没有意识到他绕开的那些椅子上并未坐人。他重重地坐下，又立即站起来，似乎在吸引侍者的注意。一位侍者走上前去，他却挥手叫他离开；他仍然站在那里，把玻璃杯斟满，坐下时液体洒了出来。姑娘倒出咖啡。没有说话。

“他是鸟类专家①，”意大利语那桌有人说话，一个女人的声音从餐馆那头传来，“写关于鸟类的书②。”

穿蓝西装的男人站起来，又开始东张西望。他扯了扯领带的结，把它松开，伸手进去摸索衬衫的纽扣。他同伴的眼睛望着桌布。她在哭泣吗？盖伊问自己。看她低垂着头，似乎是在哭泣。

男人汗湿的额头和面颊上闪着光。他朝那些意大利人的方向举起酒杯，傻乎乎地微笑。一个意大利人——穿绒面革夹克的男人——不自然地鞠了一躬。

侍者退到后面，十分审慎周到。贝颂内夫人起初觉得这一幕很有趣，这会儿把目光从那儿移开。他们该走了，她说。

---

①② 原文为意大利语。

“他让我毛骨悚然[1]。”一个意大利人用很高的声音说道，然后他们都站了起来，女人拿起手袋和围巾，一个男人又点燃了一支烟。

盖伊目送他们离开，这才意识到整个晚上他都在偷看那个跟醉鬼一张桌子的姑娘。特别是她独自坐着的时候，他不停地偷偷看她，无法克制自己。她长得很瘦。他从没见过这么瘦的姑娘。他在谈论让-克劳德、安德里·德勒斯保罗和克莱特的时候，在听贝颂内先生详细讲述洋葱收成的时候，在跟佩德罗先生握手、被他的笑话逗得哈哈大笑的时候，脑海里却一直幻想跟她一起，在他游泳的小海湾里，或在村里的水兵酒馆和绿色咖啡屋里。他一直在寻找一枚结婚戒指，现在有了。

喝醉的男人朗声大笑。他朝那些意大利人挥手，笑得更响了，似乎他和他们一起度过了一段有趣的时光。刚才点烟的那人也朝他挥了挥手。

“嗨!”喝醉的男人朝他们的背影喊道，跌跌撞撞地从餐馆那头走过来，撞在桌子和椅子上，向那些并不存在的人道歉。他突然停住，似乎一下子没了精力。他感到迷惑。他皱起眉头，晃了晃脑袋。

姑娘朝盖伊微笑，但不是发自内心的笑容，没有丝毫快乐，而是带有一种恳求。她笑是因为整个晚上都意识到他无法把目光从她身上挪开。她真的嫁给了这个男人吗？盖伊暗想。他们真的可能是

① 原文为意大利语。

夫妻吗？

“谢谢你，盖伊。”贝颂内夫人说，每个这样的夜晚结束时她总是这么说。盖伊做了个手势，账单很快送来了。他签了银行卡。

“是的，”贝颂内先生说，“谢谢你。”

就在这时，那个男人摔倒了。他倒在一张没有摆放餐具的桌上，又慢慢从侧面滑落在地。侍者们过去扶他，但他自己挣扎着站了起来。他妻子没有看。现在盖伊已经相信她是他妻子了。

“嗨！”男人朝贝颂内夫妇喊道，“嗨！”

他又放声大笑，还大声嚷嚷着什么，但盖伊没有听懂，因为男人说的是英语或德语，声音含含糊糊，很难分辨。他一屁股坐在先前坐的椅子上，碰撞出一片噪音。他把双臂摊在桌布上，把脑袋埋在中间。姑娘说了句什么，但他没有动弹。

盖伊没有让自己的怒气显露出来。他很擅长这点，一向如此。偶尔确实有这样的事，你爱上某人，当时没有注意到，事后回想起来，却无迹可寻。没关系，因为你知道它的存在，因为你知道曾经有过。

“我今天散步时跟他们说过话。”这几乎不算撒谎，只是不得不说的一句托词。说什么都行。

贝颂内夫人没有表示惊讶，接受了盖伊的说法，脸上并未露出会意的微笑。贝颂内先生对这类事情司空见惯，说农舍的钥匙像往常一样留在外面：放在鸽房里。“夫人必须睡她的美容觉。”他补充道，一边挽起了妻子的手臂。

*

“不麻烦。”

盖伊又一次幻想和她一起在小海湾里，在水兵酒吧或绿色咖啡屋里，告诉她自己为什么来到岛上，解释贝颂内夫妇的事情，解释他们初次见面时他为什么在餐馆里，告诉她自己怎么跟贝颂内夫妇编了个谎言，并说他们猜出了那是一句假话，但没有关系。

“夫人。”一位侍者喃喃地说，想要出手相助，把盖伊说过的话又说了一遍——不麻烦——假装没发生什么大不了的事。

穿蓝色西服的男人醒了，站起来，使劲挤挤眼睛，似乎想清除视线里的障碍，又把眼睛眨巴着睁开。盖伊和侍者扶他穿过餐馆，经过门厅来到电梯前。丢了颜面的姑娘轻声表示感谢，似乎没有勇气提高嗓音。她站起来后看上去更清瘦、更柔弱了。

到了星期天，盖伊就会搭晚间最后一班渡船离岛，他的拜访结束了。她可能走得更早，天一亮就和同伴一起匆匆离去，因为两人都丢了脸。电梯很小，她的肩膀贴在盖伊肩上，但这种接触并不令人尴尬。他感到紧张的情绪蔓延开来，影响了他的心跳，使他嘴里发干。她曾有过那样的恳求，怎么可能这样迅速地离开？那样的恳求，若不是因为你有情我有意，又是从何而来？她被粗野的丈夫撇下，独自坐在桌旁时，受到一个陌生人目光的侵扰，但她没有拒绝。如果她不是像他一样心知肚明，为什么不拒绝呢？他们甚至还未听到对方的声音，就已经有了那份默契。只是直觉，只是一种朦胧的心动，却超过了他们此前所知的一切。

“找到了[1]！”侍者低声说，从男人口袋里掏出这对夫妇的房间钥匙。刚才因为找不到钥匙而有过一阵惊慌。

爱就是交谈：杰拉德曾经说过，盖伊直到今晚才理解。他们将坐在岩石上，交谈在两人周围缓缓展开，两个生命互相交织缠绕，如同已经以另一种方式交缠过的那样。十四俱乐部，杰拉德，让-克劳德，让-比埃尔，克莱特，米歇尔，多米尼克，阿德里安，羽毛球比赛后从玛尔索街走到和平咖啡馆，他的母亲，以及所有其他的事情：明天和星期天是不够的。对，肯定是不够的。

男人被扔到床上后，她给了侍者一张一百法郎的钞票。侍者把房门钥匙放在写字台上。他离开时，似乎并没有为盖伊留在房间不走而感到惊讶，也许隐约感觉到了一些情况。盖伊想，一辈子只有一次，命运给了两人这样的机会。“你真是一个游客！”马歇尔有一次这么说，说实在的，他经常有这种感觉，不能完全合群，甚至在母亲身边也是。当然，跟贝颂内夫妇在一起的时候，他也是一个游客。这些都可以成为交谈的内容：最后什么都可以说。

“谢谢你。”她用英语说，接着又用法语说了一遍，生怕他听不懂。但他能听懂一点英语，心里猜想他们是美国人还是英国人。床上的男人在打鼾。

“那么，”她打开小酒柜，指着那一排小酒瓶，“请你喝点什么吧。”

---

① 原文为法语。

他想说她千万别感到尴尬。他想让她彻底放心，想说刚才楼下发生的事没什么大不了。他想立刻就谈起所有其他的事情，告诉她很多年前他就猜到贝颂内先生是他的父亲，而且相信他在里昂信贷银行的职位是靠了贝颂内先生的关系才得到的。他还想告诉她，她们总是什么都不说——只字不提——贝颂内夫人不提她的母亲，她的母亲也不提贝颂内夫人，还有，他早就猜到母亲是贝颂内先生婚前生活中的一个女人。肯定是结婚前。按贝颂内先生的人品，绝不会做出轨的事。

“哦，那就来杯白兰地吧。”他说。

他们从没说过有朝一日农庄将属于他。所以贝颂内先生经常谈到农庄，而且谈得那么详细，所以贝颂内夫人想重新粉刷一个房间时，特地来问他颜色挑得是否合适。

盖伊接过对方递来的酒杯，刹那间，手指轻轻擦过他爱上的这个姑娘的手指。直到今晚他才知道，当你第一次爱上某人时，几分钟，甚至几秒钟之内就能感觉到。

“你真是太周到了。”她说。她坐在小酒柜旁一张低矮的扶手椅里，盖伊坐在写字台边。她抚平膝盖上白色连衣裙的裙摆。她的模样真像个孩子，他想，拂过白色裙料的双手，膝盖的轮廓，高跟鞋里的双脚。她的头发整齐地垂落下来，衬托着五官，他相信从她脸上仍能隐约看出刚才所受的伤害。她的眼睛是蓝色的，像今天白天的天空一样蔚蓝。

“你们是美国人吗？”他问，小心翼翼地说着英语，把问句从法语翻译成英语。

“是的，美国人。”

气氛尴尬，男人就在旁边，虽然已经睡着。他如果醒来心情肯定不会愉快，但这似乎并没多大关系。只是尴尬。盖伊说：

“我以前只来过这家酒店的餐馆，没进过客房。”

“你不是住在这里？”

“不是。”

她走到床边，吃力地把男人推得侧过身去。鼾声停止了。

“我每年都到岛上来，”盖伊说，“贝颂内夫妇有个农庄。”

“就是跟你一起吃饭的人？”

“是的。”

“我以前没来过这儿。”

“人们觉得这里安静。”

“对，确实如此。”

她重新坐下时，他们互相交织的目光和在楼下时一样无拘无束，一样坦率和确信。盖伊当时并没有意识到这种确信和坦率的存在。他怀疑自己曾以为餐馆里朦胧的灯光使她没有注意到他对她痴迷的兴趣，但看到她的笑容，他放心了。他不记得自己当时是怎么想的，但似乎已经无关紧要。他只想知道她在想什么。

“我们是碰巧过来的，”她说，“来到这个岛上。”

“嗯。”

“请别站起来离开。”

他摇摇头。她露出笑容，他也朝她微笑。他会带她去看岛上的一切，当时机到来时，会告诉她他爱她。他会告诉她，他从未这样爱过一个姑娘，以前那些都只是比较简单的异性相吸。这可能是因为他像米歇尔说过的那样，是一个游客，总是多少沉浸在自己的世界里。这可能跟他的身世有关，许多事都没有明说，几乎什么都没说过。谁知道呢？盖伊暗自疑惑。谁知道一个人的性格是怎么形成的呢？

“我可以知道你的名字吗？”

“我叫盖伊。”

她没有说自己的名字。盖伊很好听，她说，特别是用法语说出来。这个名字用法语说出来很适合他。

“再来点吗？”她问。

他几乎一口都没喝。他摇摇头。她探身关上小酒柜的门，里面的灯灭了，刚才它曾透过那排酒瓶照在她纤细的腿肚子上。他们将拥有像贝颂内夫妇那样的婚姻；在农庄里，就像那样。慢慢地，她弯腰脱掉了鞋子。

*

床上的男人已经张大嘴巴。一条胳膊耷拉下来，手指垂在他们近旁的地毯上。

“盖伊。”她低语道，白色的连衣裙胡乱堆在地上，一只鞋子侧倒着。“我亲爱的。”她轻声说。

面对他不得不扮演的角色，他想要退缩，而她的坚持中有一种急切。现在没有耳语，也没有拥抱了。盖伊本能地知道她没有得到快感。结束时她笑了，一种没有声音的笑，跟她丈夫的笑不同，但仿佛是它的回声。

房间令人窒息，空气已不新鲜，被熟睡男人的呼吸给熏臭了。她赤裸地站在他身边，低头看着他沉睡的面容，看着他下巴和脖子上刚冒头的胡茬儿，一道口水从他嘴角挂下来。她碰碰他的肩膀，突然，他睁开了眼睛。她什么也没说，他便又睡去了。对于所有这些——对于刚才发生的事，对于此刻正在发生的事——她的目光重又像个陌生人。毁灭的气氛弥漫在房间里。盖伊意识到了。

她转过身，离开丈夫躺着的床，离开盖伊。她给自己倒的酒还没有喝。盖伊注视着她走向房间那头，走进去关上了门。他听见她淋浴的哗哗声。

他开始穿衣服，把自己的衣服跟她的分开。他可以去找她，那尴尬的几分钟已经过去了。明天，他可以说。十点半在绿色咖啡屋，或者十点也行。他带她在岛上转转，带她看看农庄；她会跟他谈到她自己。已经发生的事不会淡忘，不可能假装忘记；但随着他们的交谈，随着对话的开始，刚才的事会被排斥在外。

他把她的连衣裙和内衣都放在一张椅子上，把她的鞋子并排摆在地上。他喝了白兰地，一滴不剩，之所以想喝，是因为那是她给他倒的。然后他敲了敲她关上的门。

她的声音传出来，响亮，粗暴，跟先前不同。

“我在洗澡呢。你等会儿。”

她说的是英语。盖伊听懂了第一句，但第二句就得想一想，在想的过程中意识到她是在对睡觉的男人说话，而他自己应该已经离开了。他想要回答，想要纠正这个误会，却又迟疑了。

“等的时候看看你周围。”她声音里多出来的那些特质中又加上了嘲讽，“为什么不呢?”

如果她刚才一碰丈夫的肩膀他就完全醒来，她会更满意。如果她的衣服扔得乱糟糟，两个酒杯像刚才那样放着，效果也不错。虽然不是最理想，但也够了。房间目睹了刚才发生的一幕，这印象仍滞留在空气中。

盖伊离开时，脚步寂然无声地踩在地毯上。他经过床边时看了一眼穿鲜艳蓝色西装的男人，溢出的食物染白了他的一侧翻领，面颊和额头红润润的。他猜想他叫什么名字，她叫什么名字，然后离开了房间。

*

夜晚的空气寒冷，已是秋天的气息了。盖伊慢慢地走在灰扑扑的小路上，心想不知道贝颂内夫妇是怎么议论的。明天早晨他们可能会提到这件事，但也可能决定不说为好。

在他游泳的海湾里，海浪轻轻拍打着鹅卵石。他在岩石丛中坐下，猜想自己会不会把这事告诉别人，如果告诉，又怎么去说。这就是他们的生活，他可能会说；他们就是这样相互拥有的，而不是他理解的那样。在清冷而皎洁的月光下，他觉得孤独是一种慰藉。

圣母的馈赠

一个柔和的秋天就这样过去了，一直都是阳光灿烂，最后的一批蝴蝶到了十二月还在，藏在岩石的缝隙里打盹儿。那些早开花的灌木，花瓣儿迟迟不肯凋零，还要好几个月才会从梗子上掉落。欧石楠正在开花，黄灿灿的荆豆已经偃旗息鼓。迈克尔经常想，蝴蝶竟然飞到他的地盘上，这真是奇迹，是夏季的一个奇观。

迈克尔觉得自己走遍了爱尔兰——这种表达方式在他那非常遥远的过去经常被使用——来到了爱尔兰最粗糙荒凉的边缘。他很清楚往北还有土地，在他没有去过的西边和东边也有土地，他知道没有一个人能走遍爱尔兰所有的河岸和小径、山峰和平原，能穿过每一座树林，翻过每一道悬崖，走过每一条峡谷。但是这种夸张的表达方式也不是没有道理。对他来说，他的旅途确实像这句话蕴含的意思一样。是非善恶，上帝和魔鬼，都相互纠缠——迈克尔在自己创造的隐居所里苦思冥想。季节变换，他生命中的日子一天天地消失。

季节宣布自己的到来，但对于每一天的日子，迈克尔有一本日历——跟修道院里的一样——他的生活由节日、斋日、苦修日和其他日子构成。在他这座岛上的岩石群中，时间既不是敌人也不是朋友，时间的流逝不过是一个元素，属于大海和海岸，属于他栽种的菜园，属于他搭建的住所，属于海鸥，属于孤独。他感觉到七天里每一天的特点，并让每一天激发的不同感受保持鲜活，他早晨醒来时就知道是哪一天。

十二月四日到来了，这是圣彼得日。现在黑夜比白天长了，很快狂风暴雨就会占领这片岩石嶙峋的土地。起初，到了冬天，他会在这个季节出现的浓雾中迷路，因为所有熟悉的景物都变了形。如今，他知道不能冒险走出去很远。十二月里，每一个不下雨的日子，每一个寒冷的早晨，每一个群星闪烁的夜晚，都像夏花和蝴蝶一样受欢迎。

迈克尔十八岁的时候得知了自己的使命，那是一个梦，说他要离开农庄，把自己贡献给修道院。那时候他对修道院几乎一无所知，只在谈话中听人提过一两次，对它的目的和性质还很模糊。他告诉了芙德拉，自从第一次相互拥抱之后，他便把什么都告诉芙德拉。“哦，你肯定不会愿意的，”芙德拉说，“你老了以后才会去那儿。”她满怀信心地推测，但那双黑眼睛里已经写着悲哀，一根手指缠绕着一缕发丝，这是她不开心时的习惯动作。“梦不过就是一个梦。”当迈克尔再次讲述圣母出现、带来上帝的旨意时，芙德拉徒劳地小声抗议。

在圣彼得日割草皮翻修屋顶时，迈克尔想起了芙德拉的眼泪。他们从小就一起玩耍：在煮饲料的棚屋的泥土地上，在挖泥炭的沼泽地上——驴子耐心地等着人们把它们的驮篮装满，在收割过的玉米地里——她父亲和他父亲，还有他们的母亲，一起搬草垛，她哥哥长大一些后也帮着干。“我不能不去。”芙德拉哭泣时他说，在他们漫步的不远处，一只小鸟用颤音叫了几声，似乎在嘲笑她的忧伤。她从他手里抽回自己的手，他们的友谊结束了。她的生命也结束了，她说。

“上帝为你说话了，”就在那天晚上，父亲发表了不同观点，“他那是在给你荣誉。不要有怀疑，迈克尔。”

他没有怀疑，只是担心，上帝赋予他的荣誉，有朝一日会意味着农庄的衰败：他是家里的独子。

“他会考虑到的，”父亲向他保证，那时父亲正值壮年，坚定，自信，“肯定会的。”

迈克尔把他割的第一批枯瘠的草皮从岛的另一边搬来。整个上午，他来回许多趟，最后在棚子旁边垒起一个草垛。他把草皮搬到屋顶上码好，在两个和缓的斜面上六个一行，排了十二行，并用专门留着的长条石板把草皮敲实。棚子的三面，都按他很久以前学会的砌矮墙的方式搭建，把石头摆放成一个角度。第四面是岩石表面自然形成的一个空洞，他铺草皮用的框架是扎紧的树枝，门和门框也是这样做的。

芙德拉的手臂被蜇，他用酸模草的叶子给她止痛。她害怕果园里的野鹅，他领着她躲开，她很快就什么也不怕了。她现在多半已经结婚，有了孩子和孙儿孙女，多年前的那段友谊已被忘却：他接受了这点。母亲该有八十了，父亲还要更年迈一些。也许他们已经不在人世了，这种可能性更大。

迈克尔存了一些海盐，夏天用来腌制抓到的鱼。他从修道院带来的种子长出谷粒，一年年地继续繁殖。岛上有越橘果，有他呵护和开拓的荨麻地，有毛茸茸的海藻在阳光下成熟，有永不枯竭的泉水，有也是从修道院带来的草根长出的草药。“找寻孤独。”圣母第二次发出指示，那时他已在修道院十七年了，这又一次像是一种惩罚，跟芙德拉流泪的那个早晨一样。

暮色降临，修葺屋顶的工作完成了，迈克尔爬到小岛最高的石崖上，眺望陆地的悬崖峭壁，很久以前，他就是从那里蹚水过来的，把带的东西顶在头上。他从天空预测明天的天气，仍是晴天。几道可怜的残云并不能妨碍太阳落山后留下的琥珀色云霞。大海像湖泊一样平静如镜。

在这样静谧的夜晚，迈克尔仿佛经常能听见修道院里祈祷的钟声，虽然他知道这是不可能的。他在修道院的时候，逐渐喜欢上了那种秩序和清规戒律，那几种简单的消遣方式，喜欢有人做伴的感觉。晨曦的光，从回廊一直照到牧场上高高的十字架，夜晚点亮的灯盏，咏唱的诗篇，做弥撒的喃喃声——他怀念所有这些，直至今日。路加兄弟熟悉那些圣人，经常讲他们的故事：圣麦利图斯不肯把圣餐递给国王的儿子，狼和熊对圣马西安言听计从，圣西米恩在柱子上鞭笞自己。科洛南和穆塔在斗室里装饰《圣经》，调墨水，削笔。伊翁的眼神懒洋洋的，伯纳德胖得像个水桶，菲坦面颊粉嫩，性情快活。狄阿玛德个头最高，康奈最善交谈，托马斯忘性最大，卡萨尔最讲究实际。“千万别把你的那块玻璃弄丢了，”告别时卡萨尔提醒他，“一定要有生火的东西。”

他们能否看见他，就像他仍能看见他们一样呢？——看见他褴褛的衣衫、已经消失的剃度、修剪得差强人意的胡子、赤裸的双脚？他们能否想象岩石床板高处石头上刮出的那个十字架？他们能否在脑海里听见海浪的声音，听见他拖着海藻翻越岩石走向菜园子时海鸥的鸣叫？他们能否猜到，他仍然在心中造访杂树林后的那个小池塘，在想象中注视一段经文得到装饰，科洛南用笔捕获那些动物，有鱼，有鸟，还有蛇盘绕在一个个字母上？

圣母第二次来找他时以穆塔①的形象出现，而不像以前几乎跟他的母亲相似。第二次的时候，他不能理解为什么自己的生活又遭到了毁坏。现在他明白了。他在修道院里学会了虔诚，训练了耐心，同伴们的天赋使他感到谦卑，他们的友谊给予他力量。而在孤独中，他离上帝更近。

他仍然站在高于其他岩石的崖壁上，每天傍晚都更加确信地感知这一点。在这里这么长时间，他没有看见一个人，只对上帝和自己说话，对走兽、飞鸟和神奇降临的蝴蝶说话，偶尔也对一只昆虫说话。他想象中虚构的那些东西，并没有形成异乡人的情绪，乡愁总是被抑制着。这个傍晚，他做了晚饭，吃完，很高兴自己割了铺屋顶的草皮，并趁着天晴把它们铺好。这是一种满足，他带着这种满足躺下休息。

---

① 穆塔（Murtagh），即 Saint Muiredach mac Echdach，基督教的一位主教。

*

色彩不知来自何处，逐渐明亮，光芒四射。翅膀在飞行后轻轻合拢的声音，红艳艳的天堂鸟，黄胸脯的鸟，绿色的鸟。一道道拱门渐渐隐入四周的景物，浅褐色和粉红色的光掠过花饰的大理石地面。阳光像天空中的一枚枚利箭。

圣母的衣服是深浅两种蓝色，朦胧的光晕若隐若现。这次，她的五官没有使迈克尔想起母亲曾经的模样，或想起福音书上的彩饰：她的那种美，是迈克尔从未在人类脸上和自然界任何地方看到过的——包括早开花的灌木、欧石楠，或海滩上精美无比的贝壳。白皙修长的双手慈爱地举起。

“迈克尔。”圣母说道，之后是一阵静默，直到他衣冠不整、头发蓬乱地站在她面前，说：

“我在这里很满足。”

“因为你逐渐爱上了你的孤独，迈克尔。”

“是的。”

“在今年的这个月里，你必须离开。”

“在父亲的农庄我曾很满足，在修道院里我曾很满足。现在这里是我的地盘。”

通过否定和剥夺，他被一步步引向平静，那是一个已经到达的目的地。这些话没有说出来，但是就在那里，是对话间闪过的一个念头。

“这是我最后一次来找你。”圣母说。

她脸上没有笑容，但通体散发的那种安详使她并不显得严厉。她的手指优雅地碰触、分开，然后举起来为他祝福。

“我不能明白。”迈克尔说，他努力想再说点什么，但想不出，只好继续沉默。接着四下里恢复了黑暗，直到他天亮醒来。

*

这是一个星期四。迈克尔焦躁不安地感觉到了。每星期的星期四无足轻重，但这个早晨，似乎有太多别的东西。“仁慈的圣母，”他恳求道，“高贵的圣母，请听我说。”

他恳求他的忧郁能减轻，夜晚袭来的困惑能随着顿悟而豁然开朗。这是一年里他最快乐的一段日子，每过一个小时，就离庆祝救世主的诞生更近一些。这个季节的这个仪式为什么被这样粗暴地破坏？

“仁慈的圣母。”迈克尔又喃喃地说，但当他起身不再跪着时，仍是孤独一人。

灰蒙蒙的清晨，使他的岛比平常更加灰暗，梦中的画面——明亮地逗留不去——更使一切显得灰蒙蒙的。“梦不过就是一个梦。”芙德拉年轻的声音从遥远的过去传来，迈克尔看见自己摇头否认。前两次圣母出现，他虽然有一种受惩罚的感觉，但并未感到焦躁不安。他其实一辈子很少焦虑。在修道院里，安德鲁兄弟总是拖着脚走路，凉鞋啪嗒啪嗒，那单调重复的声音烦得你闭上眼睛，暗自催他快点。加斯图斯兄弟每次从饭堂的桌旁站起身，都要抖抖衣服上的食物残渣，把它们撒在地上，害得别人再扫一遍地。还有老内森的咳嗽也让人心烦。

然而今天早晨，迈克尔的郁闷，却比这些烦人琐事引起的坏心情更令人绝望。想到要离开独处的环境，他感到害怕。这是他的地盘，是他一手打造的。以他五十九岁的年龄，漫无目的地流浪已是力不从心。再踏上旅途，他已经没有了少年和中年时拥有的那份刚毅。如果死神在召唤他，为什么不让他死在这里，在他的乱石丛中，靠近他的欧石楠和他的峡谷，靠近他种着莴苣和甜菜根的小菜园呢？

又过了一小会儿，他慢慢地向岛的另一片海滩走去。他站在搭棚屋前栖身过的那个山洞的洞口。当时——二十一年前——他以为自己活不下来。想捉鱼但一无所获，而且还没有习惯黑刺李的味道，那是他的隐居地所能提供的营养。他想把蜜蜂吸引过来，但蜜蜂没来。他指望一片刺藤能长出黑莓，结果发现不是那个种类。在找到泉水前，他喝的是沼泽地一个水洼里的水。

从山洞里他能看到小岛岬角上那些矮小的橡树，树干弯到地面，他记得自己一开始觉得它们模样凶险，海风把它们塑造成敌意的样子。但这个早晨，它们是友好的，海面吹来的微风这么柔和，丝毫没有撩动平静的水面。海浪轻轻拍打着卵石海滩。这么多年来，海鸥一直不怕他，现在还敢落在他身边，在岩石上大摇大摆地走几步，然后静止不动。

“我在这里很满足。”迈克尔大声说，因为是事实，所以又说了一遍。他羞愧地低下头，肩膀缩在已不再给他提供温暖的衣服下面，眼睛闭着，什么也看不见。迈克尔在跟自己的愤怒抗争。难道他的顺从还不够吗？难道他虚荣过、骄傲过吗？难道他从海鸥窝里拿一个鸟蛋都不应该吗？

没有听到回答，也没有感受到答案，他为问了这些冒昧的问题乞求原谅，心情无比沮丧。

*

他走到潮水比较低的崖壁，蹚过寒冷刺骨的海水，胸口以下都湿了。他脱掉衣服，一边打着哆嗦，一边拧干衣服里的海水，把它们摊在岩石上晾晒。他用胳膊拍打身体，并把指甲使劲掐进手掌，让血液循环恢复。

他等了一小时，又把衣服穿上了，所有的衣服都还是潮乎乎的。他感觉到海鸥们在注视他，不知道它们是否感觉到与他共处的这个地方出现了一些异样。他爬上岩壁，很轻松地找到落脚点，抓住尖利的岩石引体向上。顶上是一片山脊，上面的草被啃过，然后出现了荆豆，荆豆越来越密，一开始他以为自己没法从中穿越。荆棘擦伤了他的腿脚，刮出了血痕，最后终于来到一片没有植被的空地上。空地逐渐变窄，在他面前蜿蜒延伸，像一条羊肠小道。

他一直走到天黑，只偶尔停下来摘几个野苹果，喝几口小溪里的水。他在一片蕨草丛中躺下休息，并拔起一些蕨草盖在身上取暖。本来以为睡不着的，没想到很快就入睡了，而且睡得很沉。

第二天早晨，他经过一座废弃的塔，里面没有留下曾经有人居住的任何痕迹。他走过一所房屋，屋外拴着一头母驴。田里，一对年轻的男女在给冬播作物除草。他们告诉他这是哪里，但他从没听说过他们提到的这个地方，也没听说过再走两小时后那个小镇的名字。他讨水喝，他们给了他牛奶，这是他离开修道院后第一次喝牛奶。他们还给了他面包和黑布丁，布丁里放了一种香草，他们说是墨角兰。他们猜他是个通灵神汉，但他说不是，没有解释说他只会讲一个故事，那就是他自己的故事，他不知道如果讲了那个故事他们会是什么反应。圣母三次在他的梦中出现。

“你要走遍爱尔兰吗？”那个年轻男人问，对话中用了那种熟悉的表达方式。他喝牛奶吃东西的时候，他们放下锄头，陪他一起坐在草地边。

“曾经走过，”他回答，“就是你说的那个意思。”

“没有多少人经过我们这儿。”

他们自己聊了几句，确定最后一次有旅人经过附近是什么时候。他问起来时，他们说这片田地和那头母驴都是他们的。很快他们就要有个孩子了。

“人丁兴旺啊。”

“是啊，感谢上帝。”

他是一个流浪的乞丐：他们看不出他身上的衣服曾经是一件僧袍，也看不出他头顶的剃度标志着他的使命。如果他透露说他对圣母怀有怨恨，说他因为昔日的顺从得到这样的嘲弄而心怀不满，说一路上这种恨意越来越强，他们肯定会认为他亵渎神明。“我是你的玩物吗?”他一边艰难跋涉，一边粗暴地质问，听见自己的话又感到羞愧难当。

他经过一片树林，树林深处黑得像夜一样。走了一个又一个小时，树木逐渐稀疏，又一个傍晚的暮色投下斑驳的暗影。那天晚上，他在树林边过夜，还是用灌木盖在自己身上。

“我要回去。”早晨他嘟囔道，但立刻知道这样发脾气只是虚张声势：即使想要返回，也不会找到路；野猪和野狼会在夜里出现。荆豆虽然刮伤皮肤使他流血，但他知道，只要他顺从神意就能受到保护，因为在漆黑的树林里，他一次也没有被断裂的树枝刺伤头脸，一次也没有被树根绊倒。

于是，他心烦气躁地继续往前走。寒霜染白了树木和青草，每天早晨太阳出来一小时后便会消散。圣塞巴斯日到了，接着是圣菲尼安日、圣露西日、圣阿蒙日。别的年份这些日子的天气都不一样，然而在迈克尔的旅途中始终没有下雨。他砸开坚果，寻找有水可以长出水芹和野欧芹的地方。圣托马斯日那天，他想起路加讲过，托马斯把手指放在伤口上，暴露了内心的疑虑，痛苦得大喊起来，遭到救世主的责备。“我只是不能明白。”迈克尔恳切地说，又一次乞求能够得到宽恕。

黑夜降临时，他经常不休息，继续往前走，有时甚至不吃东西。走路的力气一直有，但感到脑袋轻飘飘的，一边走一边揣摩自己的一生，怀疑是不是浪费了他在大地上获赠的时间。他在一座大房子前叫门，被领了进去，得到温暖和食物。房子的女主人走到厨房去给他倒酒，问他来的路上有没有看见獾和狐狸。他说看见了。

她乌黑的头发和脸上橄榄色的皮肤，一度使他想起了芙德拉，那天夜里，他躺在从未享受过的那么舒适的床上，想起了年少时的朋友：她的皮肤现在应该变得粗糙，起了皱纹，双手也因为一辈子的劳作而嵌了污垢。内心的怒气更强烈了，他不再忏悔。凭什么芙德拉要给另一个男人生儿育女，凭什么她要属于别人，而他被迫离她而去？这些抑郁的思绪令他感到害怕，似乎接近于疯狂。自从这些神圣的梦境第一次出现之后，是不是就有某种愚蠢的念头在控制他，使他执迷不悟？他是不是被领进了卡塔尔说的那种魔怔舞？卡塔尔肯定会那么说，狄亚玛也会，还有伊恩。他们会争执，表示关心，还有比奥卡兄弟也会发表智慧的见解。然而，孤零零地迷失在这荒郊野外，只有一种怨恨不停地纠缠他，一个奥秘不断地嘲弄他，把五十九岁的他变成了一个脾气暴躁的孩子。

早晨在那座房子里做了弥撒，他吃早饭时，女主人走了过来。

“如果没必要的话，就别急着走。一年里的这些日子，我们可不希望看到你露宿荒郊野外。”

留下来，待到圣斯蒂芬日吧，她热情地劝道，笑容里带着淡淡的忧伤。她是个寡妇，他在厨房里听说了。

虽然没有明说，但他们会给他衣服穿，会把那件旧得看不出原样的衣服烧掉。关于自己的情况，他一个字也没有告诉他们；他们也没有问。

“欢迎你住在我的家里，”他听见对方又一次邀请，“天气会变得很恶劣。”

留下来将是愉快的。厨房的炉火边有床。前一天晚上他看见她给牛排调味；他看见冷藏间里挂着鸡鸭，罐子里装着水果。

“我不能留下。”他说，摇摇头，并不感到勉强。

他离开那座房子不久，还不出一个小时，郁郁寡欢的情绪就逐渐消失了。他穿着别人给他的那双靴子往前走，突然十分惊讶地——却不知为何——意识到他没有辜负自己，不管是年轻的时候，还是如今上了年纪；他知道这个旅途的终点不是通向死亡。圣母信守自己的预言，没有再来找他，但他仿佛以另一种方式看见了她成为圣母之前的样子。他看见她听到天使报喜时非常惊讶，继而陷入困惑，如同他也经历过的困惑一样。对她来说，那也是一个旅途。对她来说，也曾有过疲惫、恐惧和无情的奥秘。谁能说她就没有过坏脾气呢？

就像血液重新流动，信念一点点地流了回来，迈克尔又有了第一次意识到能在岛上怪石嶙峋间活下来时的那种感觉。接下来的三天他疲惫地、日夜兼程地赶路，其中有着赎罪的意思；第四天曙光初现时，他知道自己在哪里了。

修道院在东边的什么地方，面前的这片牧场曾印有他的足迹。再走近些，看到了那座小山，他曾经常在山上看守父亲的羊群。还有那条小溪，岸边长着赤杨树，如今树叶凋零，只剩空枝。山坡上没有牛羊吃草，果园里没有野鹅，山毛榉树下也没有猪在拱土。但是那座小小的石头农舍几乎没有任何变化。

他走近时没有听见声音，他在院子里站了片刻，环顾四周，那些紧闭的棚屋门扉，那口水井，那个空荡荡的牛栏。脚下草草铺就的石子路面杂草丛生。狗舌草和荨麻在一个墙角默默枯萎。

他敲敲门，他们开了门却没有认出他。他们给他拿来面包和水，两个老态龙钟的人，如果他在别处看见肯定不会认识。厨房的窗户塞了稻草，不让热气跑走。壁炉里的烟把他们熏得咳嗽。他们的衣服很破旧。

“是迈克尔。”她突然说。

父亲已经失明，伸出手，摸索着空气。“迈克尔。”他也说。

他们的脸上有了喜悦，迈克尔从未在任何人的脸上见过这样快乐的神情。岁月从他们身上退去，因为高兴，他们的眼睛里又有了光彩和活力。一支孤零零的蜡烛，为庆祝这个日子而点亮，凝固的烛泪把它固定在壁炉高处的架子上。

他们的田地不会再得到耕种，他不是为这个来的。野鹅不会再在果园里鸣叫，猪也不会再在山毛榉树下刨土。他在对孤独的满足中受到打扰，为了更少，同时也为了更多。他曾经常把他岩石嶙峋的隐居地的那些蝴蝶看成是夏季的天使，如果冬季也有天使，那么他们此刻就在这里，是无形的，看不见的。没有唱诗班的歌声，没有突然的万丈光芒，只有一间呛人的茅屋里因劳作而变形的肢体，一只在空气中茫然摸索的手。然而，肯定是天使编织了这个奥秘，一个天赐的儿子又被馈赠。

教授之死

济济一堂的重要人物，满怀期待地等着已被称作晚会幽灵的那一位。这份期盼被有些人巧妙地伪装，而在另一些人身上则表现为眼神一闪、面颊泛红，或一丝稍纵即逝的微笑。在他们的约定俗成里，是那种暗暗钩心斗角的自命不凡，使聚集在这间屋里的人们能够谈笑风生，然而这个早晨，约定俗成不重要了。院长的雪莉酒上了一巡又一巡，羞辱别人的长矛没有抛出，新仇旧恨也可以等等再说。今天大家主要是在扯闲话。

“哦，听说只是——只是一个恶作剧？”小个子的麦克莫兰嘀咕道，用他苦苦搜索的一个词给这个残酷行为辩解。四十年前，他姐姐讲的那些校园故事里就充满了恶作剧——“瑞士山间学校的女生们”“绝处逃生”“可怕的双胞胎”。没必要搞得兴师动众，麦克莫兰还小声议论说，他们绝不可能找到那个始作俑者，一个小小的恶搞行为，他仍带着戏谑补充了一句。

林德福特的块头看上去几乎是麦克莫兰的两倍，他嗅了嗅喝空了的酒杯，硕大的脑袋在明亮的冬阳下闪闪发光。哦，本来只是闹着玩儿的，他赞同道。当然啦，如果事情落到你头上，就不是儿戏了。你还没死，就被人说成死了，这可不是儿戏。

“不过并没落到你头上。”麦克莫兰声音刺耳地说，心下却在猜想，对于这个体重超标、动作迟钝的男人，讣告作者又会如何着笔呢？他一向认为，自己不是教授，但林德福特虽然身为教授却相当愚蠢。今天早晨，四家报纸似乎对某个爱开玩笑或心怀恶意的学生的恶作剧照单全收，发表了为一位教授撰写的讣告，而那位教授即将光临院长的这个午间酒会。

“总的来说还是善意的。”科克对一位同事评论道，同事没有回答，房间里还有几个人跟他一样愿意保留自己的看法。“哦，当然是善意的。对，我不愿说不是善意的。”

科克浓密的连鬓胡子一直蔓延到面颊上，他提出自己的各种不同想法，回忆历史学家维莱特-霍斯比死后遭到的抨击——当然是含沙射影，但仍不失为抨击。“那是一九五六年，在讣告栏里出现这种内容很反常，但居然就出现了。”

科克是房间里最邋遢的一位男士，粉红色的灯芯绒西装已经好几个星期没有熨过，破旧的外套，翻领上这里那里沾着宴席上撒落的残渣。一条刺目的红领带——表明科克在政治上的忠诚——却未能掩饰那件伐木工格子衬衫的纽扣没有扣好。他是个毛发浓密、体格壮硕的男人，五官粗糙，虽已年逾六旬，仍是这类学院宴请和聚会上的老顽童。

“奥姆斯顿肯定能从容应对，”他这样结束自己的话，其实心里的想法远非如此，“他是个有幽默感的人。”

“奥姆斯顿压根儿不是那种人。”特里勒是房间里个头最高的男人，瘦得像一只蝌蚪，他低头看着院长的妻子，对两人无意间听到的那句话提出反驳。特里勒为人彬彬有礼，但偶尔会过于尖刻，有着守旧派的那种不修边幅。他手里拿着烟斗，但今天中午在院长的客厅里烟斗没有点燃。

“这件事太令人震惊了，”院长的妻子肯定地说，她是房间里唯一的女人，“我怀疑奥姆斯顿教授不会来了。”

“你们没得到消息？”

“没有。”

“哦，那他会来的。不来不符合他的性格。”

“这件事太过分了，您认为呢？为什么如今每件事情都要做得这么过分呢？”

“我十分肯定地相信，您先生会采取必要的做法。”

特里勒私下里认为院长不拘小节。他有着六十年代人的缺点，早就放松了对自己的约束。这也是意料之中的。必须显示一点力量，于是特里勒补充道：

“我丝毫不怀疑院长打算采取措施。不过说来奇怪，受害人竟然是奥姆斯顿。”

“我本人真没想到奥姆斯顿教授不招人待见。是啊，真没想到。”

“他从不溜须拍马。”特里勒教授迅速扫了一眼威力奇的背影，看到院长的妻子微微一笑，显然领会了他的暗示，顿时心生快意。“奥姆斯顿这辈子恐怕都没穿过皮货。”

这话逗得大家哈哈大笑，谈话声中有了泉水叮当。威力奇现在不再一身皮装了，但他酷爱皮货——皮夹克、紧身皮裤、带饰钉的皮带，偶尔还有毛皮围巾。他骑摩托车，一辆超大的雅马哈。

“会不会只是一时疏忽呢?”院长的妻子提议道，“如今报纸都粗枝大叶的。”

“在我看来，不可能四家不同报纸的讣告部同时粗心，我认为恐怕是故意的。”

院长的妻子胖乎乎的，眼镜挂在胸前，她反驳说不管这件令人不快的事是怎么发生的，在一所老派大学里都是不可接受的。她感到愤慨，这件客人们明显感到兴奋的事并不能让她感到兴奋，也不能让院长本人感到兴奋。她觉得他俩似乎有什么东西被剥夺了。今天应该属于他们。

“我考虑过打电话给奥姆斯顿，”院长对《卡拉克拉姆山麓小丘的部落组织》的作者，以及一位认为研究山麓小丘部落纯属浪费时间的古典文学艺术研究者这么说道，“但我担心这样反而会把事情越描越黑，就作罢了。”

两人点头表示赞同。他们也会克制着不打电话，都暗想院长这个角色可不是他们愿意担当的，有那么多令人烦心的决策需要考虑。

“我确实感到很不安，”院长说话一向嗓音浑厚，他压低音量，以表示心情沉重，“确实不安。”

早在十五年前，就出现过巴切特在校外讲课的离奇遭遇，更早以前还有 T. L. 哈普古德遭受奚落的事，如今那件事已经载入史册，不过这个中午院长客厅里的人都不认识 T. L. 哈普古德，也不知道他的模样。离现在比较近的是一天早晨有一头猪被送交给了金得利博士，当天晚上还送去四十八份外卖比萨。当年，巴切特前往一所著名的公立学校去给地理学会讲陆路交通，却发现不仅学校期中放假、校内空无一人，而且实际上压根儿就不存在什么地理学会。

“哈普古德离奇事件始终没有破解吗？”卡拉克拉姆山麓小丘的研究者随意地问道，“我一直不清楚。”

“没有，事情的真相没有弄清。这种骚扰行为的始作俑者的身份经常会在许多年后浮出水面，但那个时候不行。都是些心怀不满的家伙。”

T. L. 哈普古德教授因冷嘲热讽、出口伤人而触犯了众怒，那些家伙对他的恶搞，是以教授对当时意识流文学的藐视为基础的。一些学者收到以哈普古德教授的名义写的信，宣称他即将撰写研究詹姆斯·乔伊斯生平和创作的论著。“恳请阁下发表对这位爱尔兰伟人的看法，尤其是他对后来被称为‘意识流’的创作手法的巧妙和出神入化的运用，笔者认为，若缺少阁下的观点，这项研究将是残缺不全、大有遗憾的。寥寥数言，或长达三十页的长文，只要出自阁下妙笔，我都不胜感激，并会立刻以支票或自酿上等红酒的形式支付报酬——随您自选。倘若得不到阁下洞察入微、睿智过人的见解，拙作将难以问世。”整整十八个月，哈普古德教授不断收到来自欧洲各国、美国、日本，甚至来自对立派的文稿。之后，那些索要报酬的人开始出言不逊。

“没想到奥姆斯顿年轻时的理想是当一位木匠，”古典文学艺术研究者说，“今天早晨的一篇讣告里写着呢。”

“不过笔调是善意的，”院长慌忙插言，“善意地指出这点。”

“哦，没错，是善意的。”

历史学家，哲学家，轻松活泼的社会学家，热衷文学和语言的专家，中世纪传说的研究者，因特网的行家里手，都在房间里站着，说话或者沉默。这件趣事以种种方式把他们从自己的硬壳里拽了出来，包括那些认为言多必失、沉默是金的人。他们有的为不在场的受害者担心，有些对其年轻的妻子感到好奇——在特里勒看来那是个轻浮的女人，漂亮的人难免轻浮。而麦克莫兰认为，奥姆斯顿在活着时被宣布死亡，似乎是命运的一个小小的快意报复：麦克莫兰自己的糟糠之妻早就变得慵懒肥胖。

十二点二十五分的时候，客厅里的谈话渐渐平息下来，这似乎是有原因的，其实没有。一时间只听见科克用高亢的声音对某人反复说奥姆斯顿是个有幽默感的人。对方忍着笑，却没有完全忍住。

“亲爱的，有些杯子空了。”院长妻子在丈夫耳边低语。

院长环顾四周，不知道自己把酒瓶放在了哪里，看来，谈话趋于平静并非偶然，而是一个前兆。门铃响了，奥姆斯顿教授终于大驾光临。

*

有人曾经说过——这句不断被人重复的评论出自何处，早已无法查询——瓦妮莎·奥姆斯顿年轻时的美艳堪比玛丽莲·梦露。这么多年过去了，人们不可避免地有了这样机敏的反驳：没错没错，她仍拥有那位电影明星的大脑。从照片上看，她是一位笑容可掬的姑娘，明艳的浅黄色头发，身材苗条到了单薄的程度，面容像孩子一般精致娇美。如今四十八岁的她——比丈夫年轻十六岁——看上去不是苗条而是清瘦，昔日的美貌依稀保留着，如同被她压在书页间的那些干花。奥姆斯顿的妻子——丈夫的同事经常这样称呼她——对花卉情有独钟。她收藏枯萎干花的行为别有深意，学院回廊和贵宾席间的妒意借此得到一点发泄。

院长举办雪莉酒会——学界津津乐道地冠以这一俏皮名称——的那天清晨，瓦妮莎读到了丈夫的讣告，而就在十分钟前她离开卧室时，丈夫还在旁边那张单人床上安睡。她被那张颗粒粗糙的照片吸引——正面头肩照，是五年前毕业典礼上拍的——本能的反应是上楼去看看是否一切正常，是否时间跟她开了个玩笑。难道她记错了日子？难道失忆症仁慈地抹去了悲剧发生的事实？然而她接着便听见丈夫的脚步声和他清晨的咳嗽声。瓦妮莎恍恍惚惚在讣告上读到，丈夫深受学生们的喜爱。她还读到，丈夫“在自己的小世界里享有盛名”，她知道丈夫不会喜欢这一说法。他们谁都不承认他的世界是小的。

瓦妮莎读着报纸，电水壶里的水开了；她再一次惊慌起来，跑上楼去。丈夫刚才起了一下床，这会儿又靠在枕头上，模样酷似放在厨房浅黄色丽光板桌面上的那幅头肩照。“一会儿就好。”瓦妮莎脱身出来，匆匆地去准备他们七点钟的茶点，托盘前一天晚上就准备好了，那个印着“甘草车”的圆罐头里有姜汁饼干。边吃茶点边看报，该轮到他来读这份报纸了。

瓦妮莎不知所措了，遇到棘手的事她经常会这样。她不可能把报纸递给丈夫，看着他读到关于自己死讯的报道。跟他同在那一版的几个人——无疑都报道无误——是一位流行乐队的和音歌手、一位生于斯托克波特的主教，以及一位中校。报上称丈夫为“A. R. 奥姆斯顿教授”，分配给他的版面比别人小，跟那位和音歌手更是没法比。主教的照片也不大，但洋洋洒洒的文字做了弥补；中校一九三一年与安妮·南希·特拉斯特-伊德结婚，在塞浦路斯丢了一条胳膊。瓦妮莎凝视着中校果敢而苍老的眼睛、主教毫无特色的面孔，以及歌手化着浓妆的娃娃脸和耳垂、鼻孔上挂的金属饰品，又一次对自己说，绝不能做这样狠心的事。被挤在别人剩下的空间里，委实是有失尊严。

讣告印在报纸最后一版的内页。有一段时间，送报男孩总是把报纸硬塞进信箱，把纸都挤破了。“请把报纸放在窗台上。”丈夫在一张方方的厚纸板上写出提示，挂在门厅外的铜把手上。他把那张方方的厚纸板留在身边，每次换了送报男孩都重新挂出去。

瓦妮莎撕下那版报纸的下部，把没有勇气让丈夫看到的内容匆匆处理掉。她把纸片揉成团，扔进水池下面的垃圾桶，并使劲往下压了压，让它藏在土豆皮和一个汤罐头底下。然后，她端着托盘上楼。

“你的那个告示又要挂出去了，”她说，一边倒出茶水，加入牛奶，“又换了个男孩。”

“什么男孩，亲爱的？”

“送报纸的男孩。”

我还能怎么做呢？瓦妮莎把姜汁饼干浸在她的茶杯里，焦躁地问自己。刚才她需要时间来思考，现在有时间了，脑子里却一片空白。她不安的面容藏在跟报纸同时送来的杂志后面，渐渐地写满了焦虑：她的这个花招会带来什么后果呢？她并没想到这不仅仅是一家报纸的错误。她心里只想着自己的保护措施不可能持续很久，当最终真相大白时，任何解释都无法缓和讣告作者这一失误的残忍程度。她应该想办法说说话，用委婉的方式坦白这件事，然而她怎么也开不了口。

“隐形战斗机是什么东西？”那张床上传来询问，问题刚一提出，几乎立刻就得到了回答。她听说 F117 隐形战斗机是一种飞机，还听说邮政协会要遇到麻烦了，今天没有多少新闻。“哦，你还蒙在鼓里呢！”她听见她的声音在喊，却只是喊给自己听。她翻着那本杂志，对上面的内容视而不见。她的焦虑误导了她，以为朋友和同事都会出于人道主义而密谋施以援手，跟她一样本能地保护他。如果那些不明真相的人来信，她会回信解释。从道理上来讲，那些信肯定都会写给她。瓦妮莎在纷乱的思绪中，并未考虑到新学期开始后会有几个本科生冒冒失失地说：“先生，您不是死了吗？”毕竟，丈夫深受学生爱戴。他们无疑也会尊重他的面子。

然而，几分钟后，奥姆斯顿教授的妻子脱去晨衣和睡衣站在卧室里，内衣还没有像每天早晨那样凉飕飕地贴着她的肌肤时，她就知道自己又做了一件错事。在她的婚姻和生活中，她做的错事层出不穷。而且，跟平常一样，做这件错事的原因是她臆想出了一个虚幻的情境：认为所有的人都会以这件趣事为乐。

“今天会有什么新闻呢?”教授在他的床上问，属于这个时间段卧室里的常见问话。

这时候她想对他和盘托出。她完全可以衣冠不整地走到他身边，用年轻妻子的胴体给他安抚。“我太可笑了。”她听见自己说，但在房间里并未发出声音，可笑是因为她竟然没有勇气去勾起他的痛苦。

她给他煮了鸡蛋，烤了面包。她为两人的咖啡热了牛奶。接下来是这个星期六早晨的闲散时光，而他仍然对那件事浑然不知。她又一次绝望地想，说不定这次能够有所不同，说不定他们在院长的雪莉酒会上能够慈悲为怀。

*

“这事必须严肃处理，”院长打招呼时说，“这是毫无疑问的。”

他没有再说别的，只是点头回应奥姆斯顿的表情——他把那表情理解为尴尬，实际上是疑惑。在院长看来，奥姆斯顿是打算处变不惊，蔑视闲言碎语。从这点上来说，他无疑是值得尊敬的。“这难道就是所谓的淡定吗?”麦克莫兰为奥姆斯顿的平静感到惊讶，嘟囔道。

一位中世纪研究家，凯里菲塔德，独自站在墙角，怀着上升为仇恨的厌憎注视着奥姆斯顿。“科克和死者在一起。”凯里菲塔德听见左侧传来一个声音。那个已被宣布不在人世的男人正和穿粉红色灯芯绒的教授站在一起。凯里菲塔德对这两人都不喜欢，而最让他恨之入骨的，是一小时前他幻想已经死去、让妻子成为遗孀的那个家伙。凯里菲塔德之所以单身，跟瓦妮莎·奥姆斯顿有很大的关系，瓦妮莎跟他同龄，却嫁给了一个干巴老头，在他看来完全是一朵鲜花插在了牛粪上。凯里菲塔德自己也是个干巴人儿，属于沉默寡言的那一类教授，这种性格在瓦妮莎的事情上对他不利，因而让竞争对手占了先机。几个小时前，在他那毫无生趣的学院宿舍里，凯里菲塔德先是难以置信、继而欣喜若狂地盯着报纸上的那则讣告，并去买了他猜想会刊登同样大快人心消息的另外三份报纸，果然不失所望。他立刻开始展开幻想：和瓦妮莎·奥姆斯顿一同进出戏院，在奥斯特利拉餐馆里安静地共进晚餐，悄悄地共度周末，在秋季开学前，到萨尔斯堡去享受多年前就该开始的蜜月。直到走进院长的家门，凯里菲塔德才意识到这是某个爱开玩笑的家伙搞的恶作剧。

科克的粗声吼叫传到他这个角落。这声音在嘲笑他，周围的面孔也在嘲笑他——麦克莫兰皱巴巴的脸，林德福特挂满赘肉的脸，卡拉克拉姆山麓小丘研究者被太阳晒得黧黑的脸，威力奇酷似鸟嘴的脸，以及院长方方正正的大脸，特里勒清清爽爽的长脸。凯里菲塔德本人跟那个十九年前横刀夺美的男人一样，面容苍白，毫无血色，戴一副无框眼镜。两人都头发花白，身材瘦削。在今天早晨的思绪中，凯里菲塔德认为一位遗孀再婚时会选择外貌酷似前夫的人。虽然他坚决强调两人其他方面迥然不同，但他们的确有一点相似之处。

“真不知道是怎么做到的。无疑是冒用了我们中间某个人的名字。”

说话的是林德福特，他用亲密的方式走近凯里菲塔德。林德福特坚称是一个本科生冒充某人打的电话，提供了一位教授的死讯，凯里菲塔德认为他的说法很不靠谱。

“你的名字或我的名字，”林德福特坚持自己的说法，“那似乎就够了。”

“不行，”另一个人插进来说，“那应该不够。”

“那是怎么回事呢?”林德福特噘起厚嘴唇，像是要吹口哨，这是他的习惯，每当谈话变得平淡乏味时他都会这样。插话的那人说：

“是通讯社内部的人做的手脚。肯定是的。”

“通讯社?”

“奥姆斯顿以前的某个学生。得到宽恕总是要付出代价的。”

“可是奥姆斯顿……”

“我们都得罪过人。”

“奥姆斯顿似乎在假装没这回事儿。”凯里菲塔德不再沉默。他没说自己得知那人的死讯后欣喜若狂。他相信自己从未以任何方式得罪过学生，但没有把这话说出来。

“咄咄怪事，”林德福特叹道，嘴唇又噘了起来，“咄咄怪事。”

除了林德福特——他对这类事没有兴趣——其他人都知道凯里菲塔德觉得自己应该跟瓦妮莎·奥姆斯顿结为连理，他之所以没有另娶他人，就是因为那份激情仍缠绵心头。在林德福特看来，奥姆斯顿选择无视自己的尴尬遭遇是可以理解的。奥姆斯顿在房间里笨拙地走来走去，寻找别的话题，没有意识到逐渐弥漫的失望情绪：奥姆斯顿竟然没有失魂落魄地出现在他们中间，事情竟然变得这样令人扫兴。

“内部做的手脚。”科克最后说道，决定从失望中捞取点什么。他和奥姆斯顿一起离开，两人走在院长家宽敞的花园小径上时，他发表了自己的看法。“大家都在议论是传媒界搞的鬼，内部做了手脚。”

他用一块红点点的手帕擦擦一个鼻孔，又擦擦另一个鼻孔，奥姆斯顿只好把视线挪开。科克的动作暗示两人的关系特别密切，压低的嗓音透着关心。亲密并不存在，关心也是假的。

“你在说些什么呀?”奥姆斯顿问，于是，他以迂回的方式获得了那个点缀着怜悯的消息，知道了所发生的事情。

*

奥姆斯顿走在路上，左侧是灰褐色的石头门房和深陷的图书馆窗户，他想起了晨报被撕去的那页。他匆匆瞥见的那位和音歌手的脸，此刻在他的记忆中一闪而过。那页报纸上所缺失的，正是院长说“事情必须解决”时欲言又止的内容。院长妻子问候他时神色尴尬，麦克莫兰则面露得色。特里勒暧昧的深情掩盖着别的什么，威力奇瞪大了眼睛，林德福特兴奋异常，凯里菲塔德望着别处。他们每个人都心知肚明。

其他人对此事都有自己的解释，奥姆斯顿也编织了一个解释，跟他们的大致一样，只是细节不同。他自己年轻的时候，一位不受欢迎的系主任被警察找上门来，弄得斯文扫地，原来警察根据线索，把他跟一个经常在公共场所徘徊的布店老伙计搞混了。一个名叫托特尔的年轻人因此事被开除。不到一学期后，伊布斯和邱吉曼遭受了同样的命运，因为他们偷了院长的衣服，并狠心地把他囚禁起来，而院长本该在王室家族的一位成员面前发表演说的。整整一年，那一类的事层出不穷，尿壶跑到了教堂顶上，编造出莫须有的罪名，普尔瑟老先生的自行车十几次被拆得七零八落。

为什么这次他成了受害者？他并不认为自己为人傲慢或跟学生关系疏远，他并没有试图让他们循规蹈矩。他缺少同事们的那种雄心壮志，只是一个老派的学者，是传统意义上的博学多才。难道所有这些都在他不知不觉中变得令人反感和不快了吗？奥姆斯顿教授仍然慢慢朝前走着，一边摇了摇头。他不是个傻瓜，当然能感觉到自己不受欢迎。

他注意到圣博尼费斯酒馆的绿色和黑色招牌，便考虑进去坐坐，片刻之后，他真的驻足走了进去。他这辈子很少进酒馆，随着转门在身后关上，他估算一共也就十来次。墙边蓝色的豪华高背座椅有香烟烫出的痕迹，椅子前面的矮桌上也有，每张桌上都放着一个宣传某种啤酒品牌的玻璃烟灰缸，以及一些带着同样标识的小圆垫。用过的玻璃杯已经被收拢，仍放在托盘上；十分钟前酒馆里一派繁忙，挤满了星期六上午的顾客，现在已人去屋空。

“您好，先生。”吧台后一个男人抬头招呼奥姆斯顿教授，他面前的盘子里是肉末加土豆。

“我可以来一杯威士忌吗?”

“没问题，先生。”

盘子里的食物抹了番茄酱，热腾腾地冒着气，有一股烹调油的味儿。收音机里一位音乐节目主持人正在含糊不清地说着什么。

“要双倍的吗，先生?”

酒吧男招待似乎意识到客人不熟悉酒馆供应的分量，便高高举起酒杯，示意里面的威士忌没有多少。

“好的。”

“今儿天气倒不坏。”

“是啊。”

“给您，先生。”

“谢谢。”

他付过账，端着酒杯来到窗边的一张桌子前。“善意的。”科克是这么说的，在科克看来，四篇讣告都没有恶意。“没错，当然。”他只能点点头，无法让自己言不由衷地说：是啊，讣告写得都很善意。这是一种激将行为，科克说，年轻人都喜欢互相叫板。他们想出这些恶搞的事，最后轮到的那个人就必须把事完成。也许就是一种赌博。四位编辑都会发来道歉信，科克对此可以肯定。

一个孩子出现在吧台后面，只有脑袋能被看见。男招待叫她走开，却一边继续吃饭，一边伸手拿过一个杯子，倒了些百事可乐。他告诉女孩，她简直把他给烦死了。

“我这样会喝醉的。”奥姆斯顿教授对自己说，午饭前喝了雪莉酒又喝威士忌。然而他愿意待在这儿。吧台上放脏杯子的托盘旁边的那份报纸，不是刊登讣告的那种。他脑海中又出现了那页被撕过的报纸，上面只有和音歌手的半篇讣告，还有他不认识的那位中校的名字，主教的名字他也不熟悉。当然啦，一位当红艺人肯定比他重要。如今的事情就是这样，说起来也是合乎情理的。

“对不起。”他又坐了会儿，对吧台的男招待说，因为后者还没吃完饭。但那人性情快活，听口音是爱尔兰人。奥姆斯顿教授曾在什么地方读到过，爱尔兰人天生是当酒吧老板的料，他们的奉承话说得恰到好处。

“没问题，先生，我在这儿是干吗的？如果我埋头吃饭，让一个男人没酒喝，不是太不用心了吗？”

“太感谢了。”

他端着重新斟满的酒杯回到刚才坐的地方。“留下遗孀瓦妮莎。”讣告肯定是这么说的，提了一句瓦妮莎。没有孩子，多年前的熟人会注意到。那些不知道他结过婚的学生会感到惊讶，年纪尚轻的他们断定他不是那种人。当初让瓦妮莎做系里的秘书时，基本上没什么事情可做，她一开始觉得乏味，后来有人提议她可以同时给麦克莫兰当秘书。三年前她离开了，因为不喜欢麦克莫兰。

她做了自己认为最合适的事。他了解她。他一边慢慢地继续喝威士忌，一边努力地去理解。除了麦克莫兰的尖刻，她在系里从来都不开心，后来她自己也承认。“你们认为这姑娘合适吗？”他们最初考虑她的时候他这么问，当时还没有注意到她的美貌。当他考虑美貌时，他想到的不是人而是这座城市，灰褐色的石柱和建筑外观、壁龛里的雕像、冬天的路灯。算起来已经过去七个小时了：她端着茶和姜汁饼干上楼来，支吾其词，顾左右而言他，其实她这么做很不自然。

又进来一个人，没有点自己想要什么。酒吧老板知道，给他倒了一瓶阿德纳姆啤酒。“无党派投票人，”酒吧老板说，“九点就能看到。”

她离开系里时，其他人都保持沉默，因为她是他的妻子。麦克莫兰嘀咕了几句，他对她的依赖性更强，所以比别人更感到沮丧，可是他嘀咕的话没人听见。他们谁也没兴趣知道她现在过得比以前快乐，全身心地投入到她的花卉和医院慈善工作中，逗那些囊性纤维症的小病人开心，陪伴那些接受白血病治疗或患有先天性心脏病的孩子。“我真不知道她是怎么做的。”他很想这么说，却从未说出口，因为他们对别人妻子的慈善工作不会感兴趣。她想要孩子，他却给不了她。

她不让他看的那篇死者生平中当然不会记录那一点，也不会提及他偶尔的暴躁脾气、他对考卷的冷漠评估、他无端出现的抑郁，以及他那刻板的、一丝不苟的性格，这性格对工作大有裨益，却影响了他做一个好丈夫。其他更有人情味的内容会给枯燥的文字增色，让一般读者不感觉乏味。几乎可以肯定，文中不会写到“妻子比他小十六岁”，也不会写“她年轻时娇美堪比玛丽莲·梦露”。

嘴里的威士忌干了。他在院长的客厅里表现得呆头呆脑，一句话也不说。此刻，那些有妻子的人肯定在午饭桌上议论此事。如果他们知道他躲在酒馆里喝闷酒，多半会觉得很有意思吧。

*

家里静悄悄的。厨房里，冬日的阳光渐渐淡去，照在椭圆形桌上的几处地方，两盘口条，每盘都用另一个盘子盖着，因为阳光把窗户变成了秋天最后一批苍蝇的避难所。沙拉还没有加油加醋，也用盘子盖着。

瓦妮莎觉得，不管这件事的始作俑者是谁，她都成了他们的同伙，因为她给他们的残酷行为又增添了一些东西。“我根本没法思考，不知道自己在做什么。”早在饭菜还没做好之前，她就准备好了这些说辞。“心慌意乱”，这也是必须说的，这个词用得合适，“脑子里一片空白”。其实谁都知道妻子应该有承受噩耗的勇气。

他肯定会知道的，因为一切都会真相大白；然后他就会看到她红肿的双眼，知道其余的一切。院长和他那位满脸假笑的妻子，将一伙阴险小人召集在自己周围。在一伙阴险小人中间谁还能有希望呢?

“上帝啊!”十九年前，差不多就是这个月，瓦妮莎的母亲得知女儿跟一个老得足以做她父亲的老学究订婚，惊愕地喊了起来。“上帝啊!”后来瓦妮莎带他去母亲的公寓过周末，母亲第一次见到他之后，又这样喊道。“他有钱吗?”她问，找不出别的理由来解释这桩她认为毫无价值的婚姻。“除了工资没别的。”瓦妮莎回答，两个月后就嫁给了他。

他的钥匙在门厅的耶鲁弹簧锁里转动。瓦妮莎等他的时候突然想到可能会有其他报纸。她幻想他在一家报亭里，付出合适的价钱——他只要可能总是给得不多不少，然后把报纸拿到一个不受打扰的地方，独自浏览。

门厅的门轻轻关上了，他没有喊她的名字。片刻的停顿，意味着他正在把大衣和围巾挂起来，把报纸放在那幅咖啡馆风景画下面的桌子上。然后便听见了他的脚步声。

“我得跟你说一声，”丈夫说，“我觉得我肯定是喝醉了。”

他的声音很平静，口齿并不含糊。看上去不像喝醉的样子，跟平常没什么两样。他没有笑容，但他进家门的时候经常是不笑的。“一个不苟言笑的人。”她母亲说。“干巴老头儿。”她补了一句，其实事实不是这样。

“我在圣博尼费斯酒馆坐了坐，”他说，“我想，这也是可以理解的。”

“真是太抱歉了。”

“哦，天哪，这不能怪你。”

“我——”

“我知道，我知道。”

“当时我无法思考。”

“我自己听说这事的时候也无法思考。”

“他们提到了？”

“科克忍不住提了几句。没关系。早晚会有人提到的。”

“是啊。”

“院长认为罪犯会被揪出来的。他的看法无疑是错了。”

“你看起来一点也没醉。”在对话的过程中，瓦妮莎渐渐感到如释重负。她也不知道为什么，自从清晨等水烧开时翻阅报纸之后，她第一次感到事情并不像那些可怕的瞬间那样令人恐惧。

“据我所知，我这辈子还没有喝醉过呢。那人倒了三杯双份威士忌，之前我还喝了雪莉酒。”

她掀起盖住冷餐肉的盘子，往沙拉里加入油和醋，拌了拌，又加了几勺，把沙拉晃动几下，然后把调料都倒了进去。也许他们会搬走，瓦妮莎想，也许他会提前退休，去年就有一个人出人意料地突然退休。她会立刻收拾好行李，不会有丝毫的犹豫。利谷利亚，或圣塞波尔克罗，是他最喜欢的画作所描绘的地方。她也渐渐爱上了那些画作。“我可以在这里愉快生活。”他在圣塞波尔克罗喝咖啡时这么说过。

“我可以告诉你这是怎么回事，”他说，“如果你愿意知道的话。”

“我心慌意乱……”她话没说完，看见他摇了摇头，花白的头发像钢盔一样顺滑，便止住了话头。

“因为出于怜悯。”他纠正她的话。

“可是我做了蠢事。纸是包不住火的……”

“难道出于怜悯的行为就不愚蠢吗？我可以告诉你，”他毫不含糊地说，“如果你愿意知道的话。”

“某个卑鄙恶劣的学生。”

“我不是那种会招来忌恨的人。我默默无闻，年老沉闷。我很少去招惹别人，也没有进攻性。”

她注视着他往一片法棍面包上抹了黄油，放下刀子，用叉子挑起分量恰到好处的口条和沙拉，再抹上一点芥末。她给他倒了咖啡。每天的这个时候他喜欢吃饭时喝点咖啡，特别是配着法式面包，他经常这么说。上帝啊，瓦妮莎想，这事可能是真的。他可能此刻已经不在这儿了。

“想象一下凯里菲塔德今天早晨翻开报纸的情景吧。想象一下他那一两个小时的喜悦。”

一时间她没明白过来，以为他的意思是凯里菲塔德对此事负有责任。他说：“接着他的魔幻飞毯突然被抽掉了。凯里菲塔德的智慧祸害了好几辈人。你知道，自欺欺人的智慧。我们老冬烘说的许多话都被当成智慧之言。”

“可是你……”

“他们不会在意我的。做这事的人不管是谁，都不会再去考虑提前置我于死地的事了。这里最有意思的是凯里菲塔德对某人妻子始终不渝的激情。”

凯里菲塔德最后一次停下来跟她说话时，嘴里喷出隔夜的大蒜味儿。停下来跟她说话是他的一贯伎俩，脸上带着那种诡秘的笑容——似乎这样一笑，他们之间就有了秘密。

“我是个倒霉蛋，是不是这个词？”她听见丈夫说，“我是个倒霉蛋。”

他坐在那家他刚才提起、她经常经过的酒馆里，一点点地挖出了真相。真相对他并没什么触动，无疑也没有带来任何安慰。但对于她年迈的丈夫来说，必须弄个水落石出，因为真相就藏在什么地方。早已毕业的学生采取了报复。他是个次要人物，她也是。

“唉，就是那样，”他说，“一共四篇讣告，科克说。在星期六的报纸上浪费版面。”

“肯定会有道歉信的。”

“哦，致歉函会登出来的。科克也这么说。”

他说话的口气，或他所说的话，使她意识到刚才她想象他去买报纸是错了。他没有那么做。他问是什么咖啡，她说是肯尼亚的。

他点点头。咖啡不错，他说。另一件事结束了，他没说，但瓦妮莎知道。有一次凯里菲塔德送给她一盒巧克力，班迪科的薄荷巧克力，他知道她喜欢。“我买错了。”他说，这谎话彻底破坏了他的示爱，使示爱失去了意义。不接受那些巧克力倒会显得不自然。

“林德福特又增加了十斤。幸亏妻子们都留在家里！”

她最初爱上他时，爱的就是他的智慧，当年她还是个女孩子。她称之为智慧，但只默默对自己说。不是大脑，大脑人人都有。不是技巧。也不是无所不知，其实谁的知识都没有自己以为的那么多。他的智慧几乎无法定义，是一个养路工可能拥有的，是一个剧院领座员、一位牧师或一个孩子可能拥有的。她母亲不会理解，他本人也会否认自己有智慧。不用说，厅里的桌上没有报纸；不用说，他一个字也没读到——微妙的侮辱包装为有价值的东西，他不具备的品质被强加在他身上，因为这是惯例，都是那些盖棺定论的陈词滥调。

“没有，没有，搞错了。”电话铃响起时，她听见他说，这是今天第一次电话铃响，在此之前，这个遭丧之家一直无人打扰。“没有，荒唐至极，”他说，“抱歉把您给吓着了。”

他大声笑着，把听筒放了回去，瓦妮莎没有说她爱他，其实她是想说的。真是可笑，她竟然考虑躲到意大利去，把东西全部打包，永远离开他的这座美丽城市，就因为他们被扯进了另外某个人的恶作剧中。

瓦妮莎想，两个人中他更显年轻。他面容的沧桑感一直就有，而她的美貌每天都在流逝。“我爱你的智慧。”她想说，但这句话仍然羞于启齿，担心暴露自己的天真会显得愚蠢。

“亲爱的。”他在两人终于达到的平静中喃喃低语，并搂住了她，就像初次对她表白爱意的那天一样。他们彼此的分歧结合在一起保护了他们，在狂风骤雨的残骸中固若磐石。

时运不济

金凯夫人决定暂时躲起来。遇到了一点麻烦，虽不是什么大事，但足以让她改变自己的地址。她经常不得不这么做。

她考虑去波特拉什。现在正值五月，也就是说她仍能以淡季的价格享受各种度假服务。她考虑去库申多尔，其实那才是她的首选，因为喜欢那里的空气，但是三年前刚去过，怎么说呢，三年的时间似乎还不够长。库什敦、巴厘加莱、波茨沃特、阿德哥拉斯、班戈、基尔基尔——所有这些地方的空气，金凯夫人都呼吸过。

这次，她决定去一个内地小镇。这些小镇她也知道许多，特别是艾玛荷和李斯伯恩，而巴莱米娜、马格拉菲特、路甘和波塔敦她也几乎同样熟悉。她本身是贝尔法斯特人，但很久以前就把爱尔兰北部六郡的所有领土变成了她的生意场。只有一次，一九八七年，她漂泊到了爱尔兰北部之外，取道拉恩前往斯特兰拉尔，然后一路抵达格拉斯哥，那是她生活中一件非常遗憾的事，不愿再去仔细回忆。同样令人遗憾的是一九八一年在德里的法庭有个缓刑判决，从此她再也不能在那个自己特别喜欢的城市做生意了。

金凯夫人——她对这个名字没有所有权，只是偶尔使用一下——体重一百四十斤左右，个头高挑。虽然穿得很暖和，但并不给人臃肿肥胖之感；衣服下面似乎没有浮肿或松弛的赘肉。她胳膊粗壮，双腿看上去很结实。在她自己看来，那张大脸并未给她减分，因为五官都还说得过去，既不是大下巴，也不是龅牙齿。她衣着得体，谨慎地不滥用香水和化妆品，虽然年已六十，但说五十一岁也令人信服。她那随和的笑容能创造奇迹。

“哎呀，不是太好了吗?”她对爱尔兰北部公交汽车司机说，汽车正把她带往她最终选定的那个内地小镇，一个她不熟悉、也没有人认识她的地方。她上车时表现得这么兴高采烈，是因为北部六郡发布了和平宣言。这场长达三十年的从未被称作战争的战争，终于迎来了双边停火；来自爱尔兰北部、伦敦和都柏林的政治家们，来自美国的顾问们，起草了一份长长的议事日程，由边境双方公民投票通过。在双边冲突的这么多年里，金凯夫人个人只是遭遇到一些不便，她生活中的烦恼都是个人问题。然而，这么长时间、这样没完没了的混乱局面，终归还是令人不快。她很高兴终于看到它结束了。

“什么太好了?”公交司机这样回应她的乐观情绪。

“和平啊。”

“他们那些文件里也许藏着什么东西。”司机淡漠地打开点火装置。雨刷器在他们面前的弧形玻璃上懒洋洋地刮过，清除了几个雨点。“等着瞧吧。”他说。他的语气使人想到，不管达成什么协议，做出什么承诺，持枪者仍然逍遥法外，仍然拥有武器，仍然习惯于发号施令。“等着瞧吧。”他又说了一遍。

“抱最好的希望吧。”

“是啊。”

“五月份了，天气够冷的，是不是？每次我看看外面，对自己说的第一句话就是：该穿羊毛衫了，梅布尔。”

公交司机赞同说天气确实反常，然后启动了发动机。金凯夫人挪到一个座位上坐下。她从来不喜欢离开贝尔法斯特。这里的大街小巷都属于她，每次从某个不是自愿挑选的地方流放回来，这里的各种音调总是让她听了心生喜悦。三十年来，炸弹摧毁了这里的建筑，把车辆炸得粉碎，残害和屠杀了城里的公民，却从未使她希望自己生活在别处。她小时候家里在贝尔法斯特的一座膳宿公寓，她继承那座公寓后，把获得的钱财省吃俭用地积攒下来，不料后来却落得两手空空，她个人的那场境遇彻底影响了她之后的生活。

她独自坐在公共汽车里，两只褐色的旅行箱放在头顶的架子上。她一向都是这样轻装上路，喜欢租住在带家具的房间里，感受别人的品位。那是她的生活方式，但她猜想在她要去的那个小镇，不会有人跟她一样，但她会尽量低调，不显山露水。旅途上的故事还没构思好，不管遭遇什么，都要保证做到这点。

*

布莱克里用叉子把豌豆碾碎，跟土豆泥和卤肉汁混在一起。还剩一片肉，它的大小经过计算，正好跟剩下的土豆泥和豌豆相配。

他从开始一个人生活以来就养成了这种吃饭的习惯，提前估算每一叉挑起的食物，精确地搭配盘子里的各种菜式。这可以代替交谈，因为这些日子，布莱克里无一例外都是独自用餐。

每个星期有六天，他驱车从农场过来，坐在希勒尔咖啡馆的同一张桌旁，从来不看菜单，当天有什么特价餐就吃什么。星期天，他跟约翰斯顿牧师一起坐在牧师住宅里。他给牧师带去农场上多余的鸡蛋或牧师偏爱的脱脂牛奶，一个月带去一只火鸡。到了十二月，他也给希勒尔咖啡馆供应火鸡。

《贝尔法斯特电讯》折起来靠在两个约克郡好味调料罐上，满版都是最近的政治动态和对未来的展望。十四年前，布莱克里的妻子和女儿被误杀，一枚炸弹绑在跟暗杀对象的汽车相同款式和颜色的汽车上，车牌号码只相差一个数字。他很快就接到了道歉，一个表示同情的电话，语气真挚。还有人送来两个花圈。

他把刀叉推到盘子一边，几分钟后，希勒尔夫人给他端来一盘大黄和乳蛋糕，还有一壶茶。他谢过她，把报纸叠起来放在一边。暴力分子仍然掌管全局，这是毫无疑问的。当初预言停火时，他曾对希勒尔夫人说过这话，她表示赞同。他们就这件事谈了很久；今天和昨天、前天一样，这个话题已经没什么可说的了。因此希勒尔夫人说大黄都是嫩芽，种在塑料大棚里，是第一批采割的。“奈丽，招待一下那位女士。”她大声对女侍者喊道，因为有一位女士走进了咖啡馆，带进一股凛冽的冷空气。

每张桌子都有人了，这个时间一般都是这样。开店的人到希勒尔咖啡馆来吃午饭，旅行商人充分利用中午在城里的时间。北方银行的图米总是坐在老位置，跟他正在追求的那个女职员在一起。货车司机，偶尔还有卡车司机，也会光临。

“您能稍等一分钟吗？”奈丽问新来的那个人，“有几个人快吃完了。”

“您认识那是谁吗，布莱克里先生？”希勒尔夫人问，他说不知道，希勒尔夫人说她也不认识。“您喝茶的时候，她能在您这里稍坐一会儿吗？”

他对面有一张空椅子，所以偶尔会发生这种事。他从来不介意。经营纺织品或小五金件的旅行商人会跟他聊天，使他对目前商业界的行情略知一二，通常他们会问他是从事哪个行当的。

“真的可以吗？”金凯夫人被领到桌旁，迟疑着不敢坐下，“我不想打扰您。”

“完全没问题。”布莱克里向她保证。他跟陌生人在一起时局促不安，经常是为了说话而说话，结果词不达意。茶很烫，他很想倒在托盘里。但在希勒尔咖啡馆不能这么做。

“这里像家一样。”金凯夫人说，环顾着四周熟悉的环境——薄板桌面，廉价刀叉，盘子里的面包和黄油，一张张专心咀嚼的面孔，偶尔剔除塞牙物的牙签：她曾无数次光临这样的咖啡馆。她对面的这个男人至少摘掉了帽子，而在这种地方吃饭的男人经常是不摘帽的。他浓密的灰色头发剪得短短的，一张瘦削的脸，面颊上有一抹深红。这是一个模样健康、经常待在户外的男人，衣服穿得还算像样，有领圈和领带。金凯夫人小的时候，如果一个不戴领圈和领带的男人到公寓来订房间，肯定立刻就会被轰走。

“今天挺冷的，是不是？”她说，注意到盘子里的大黄和乳蛋糕被吃得很干净，只剩了一点，勺子和叉子并排放在一起。快奔六十了，她估摸着；指甲有点儿脏，没什么让人感兴趣的地方。

“还要冷几天呢。”他说，这时女侍者来了，问她想吃什么，说羊肉已经做好了。金凯夫人要了一盘面包和黄油，还有茶。

“我们终于得到和平了，是吗？”她问，男人很有礼貌地说谁知道呢。他个人的观点是还有很长的路要走，她能感觉到他说话很谨慎，斟词酌句。他对她不了解，不知道她的底细——这是她父亲以前常说的话，所以比较克制。他又给自己倒了杯茶，加了牛奶和糖——两勺砂糖。

“唉，拖了这么长时间。”她说。

“也许就此结束了。”

他折起报纸，放进夹克衫侧面的口袋。夹克衫是深色粗花呢的，需要熨烫了，扣子掉了一个，耷拉着一根线头。从他对女侍者的态度来看，他是这里的常客。他数出钱来付账，留下一枚五分硬币和几个角子作为小费。“再会。”他说，走过去到柜台结账。

完全是因为习惯而不是其他，金凯夫人在布莱克里走后继续琢磨这个人，猜想他是不是养路工，因为他的样子不知怎的使她想起以前认识的一个养路工。她想象他在养路队里，空气里有一股柏油的气味，刚翻修的路面上布满了仍然发白的碎石屑。接着金凯夫人提醒自己，她来这里不是要对一个素不相识的男人感兴趣的，绝对不是。她下车时把两个箱子放在那边的报亭里了。等吃完东西，打听到一些情况后，就回去取。

“到巴恩街去试试吧，”女侍者说，“那里有几户人家出租房间。”

*

别惹事了，四天后金凯夫人看见布莱克里从希勒尔咖啡馆走出来时，再次警告自己，反复提醒说她来这里不是为了做这种事。她已经决定待一个月；根据经验，一个月的时间足以让所有的麻烦风平浪静。律师信函，光顾警察局，这样那样的威胁，随着时间的过去都会逐渐烟消云散。被惹恼的脾气慢慢平息，被冒犯的尊严与她做生意时利用的愚蠢行为相互抵消。而在她自己的案例中，伤害并未得到完全修复，遭到创伤的尊严也始终没有痊愈，她自己的案例是不同的，真是不同的。一九六〇年她的公寓楼变卖了八万四千英镑，放到现在大概要翻十倍。“我们的小企业用你的名字注册，”那个她以为是未婚夫的男人说，“不会有诈的。”然而，在购买他口口声声所说的那个小企业的过程中，八万四千英镑神不知鬼不觉地从她名下流走了。不久，钱款和他本人统统消失。所要购买的小企业是阿基尔街的一家赌马登记处，经营者是一位年迈退休的赌马经纪人，有着两代人的良好信誉。两个月后，一个连锁店就把它收购了过去。

这些日子，金凯夫人尽量把眼光放得长远，告诉自己已经发生的事情就像一个已死的人，你不能为一个死人没完没了地哀叹，即使是暗自哀叹。在她的生意活动中，她没有寻求报复，而是想办法积累她自己的合法财富，把账目记在一个红色小笔记本上，并一直希望有朝一日她再也不需要这么做，希望过去的不幸终于放开了对她的桎梏。

在第二次看见布莱克里的那天，她迎着一股强劲的东风往前走，脑海中十分清晰地浮现出他瘦削的脸、浓密的头发、夹克衫扣子掉落处那根耷拉着的线头。他肯定是个单身汉或鳏夫，不然不会每天都在咖啡馆里吃饭。你一眼就能看出他是什么底细，毫无疑问，他像她一样是正派的新教徒。

她租的那个房间——不在巴恩街，而在奈普街一家肉铺的楼上——有一股生肉和板油的气味。有一个电灶可以做饭，一个水池可以洗碗洗衣服，厕所和浴室在一段楼梯上面。房间里有电视机、煤气取暖器，窗户下面有一张床。她在电灶上煎东西时，肉铺的气味就会暂时消失。金凯夫人住过比这更糟糕的地方。

她从店里买回一块奇巧巧克力，还有《女人专属》《淑女》和一本电影杂志。她吃了巧克力，读了一篇关于迟来的爱情的故事，沏了茶，脱掉裙子和衬衫，睡了一觉，梦见自己嫁给了那个牧师，她曾把牧师写给自己的信又作价卖给了他。醒来后她洗了个澡，煎了咸肉片和一个鸡蛋，然后又出门了。

她独自坐在迪比旅馆酒吧的一张桌子旁，听着五十年代的音乐，那些歌她都熟悉。偶尔有人朝她微笑，某个男人或女人，吧台后面的那个姑娘，但人们一般只是径直走过。她听见有人在谈论舞会的事。如果是年轻的时候，她就自己去了，但那些日子一去不复返了。她喝伏特加，加一点点波尔图葡萄酒配色，这是她惯常喝的。买了一包香烟，其实她一般来说已经不抽烟了。看来无法抵挡摆在她面前的诱惑了：对此她心知肚明。

她半夜醒来，在黑暗中躺了一会儿，再次明白了这点。楼下肉铺的气味又回来了，重新入睡后，她梦见咖啡馆里遇见的那个男人穿着屠夫的衣服，正用一把切肉刀拆羊排。

*

窗口有一个旅人独自坐在桌旁，那是咖啡馆里最小的一张桌子，而他装样品的箱子放在另一把椅子上，为的是不妨碍人们经过。除此之外，布莱克里的那张桌子是唯一没有跟人合坐的。

"是她让我过来的。"以前跟他坐过一张桌子的女人说。

"别客气。是啊，没有别的座位了。"

"真是坏消息，是不是？"她指的是他报纸上的标题。前一天晚上一位出租车司机被射杀，这是停火后的第一起杀人案。

"唉，"布莱克里说，"可不是嘛。"

她穿的衣服和上次一样，浅黄色和褐色——裙子、羊毛开衫、米黄色衬衫，大衣已经脱掉。衬衫上别着一枚胸针，设计成一朵花的形状。

"盘子很烫，布莱克里先生。"奈丽提醒道，把烤牛排、土豆和白菜放在他面前。她擦去盘子边缘卤汁留下的痕迹。

"面包、黄油和茶，奈丽。"金凯夫人点餐，还记得上次听到的这个名字。"我一般中午吃得不多。还有果酱。"她冲着女侍者的背影喊道。

“这是我的正餐。”布莱克里解释道，语气里有一点为自己辩护的意思。

“出来吃饭很方便的。”

“唉，是啊。”

“您住在城里吗，布莱克里先生？”

“在城外不远的地方。”

“我就猜到可能是这样。您看上去经常待在户外。”

“我是个火鸡农场主。”

“啊，是这样。”

他把一块牛排弄成碎片，把白菜和土豆堆在叉子上，浇上一点卤汁，然后把叉子送进嘴里。

“还不错。”当问到火鸡卖得怎么样时，他回答道。

“以前火鸡只是圣诞节时有市场，平常不行。对吗？其实我对家禽业一无所知。”

“哦，您说得很对。”

“我喜欢火鸡的红肉。听说那比较少见。”

“如今只能看到白肉了。”

“您给超市供货，是吗？”

“对，大部分都给了超市。不过也有几家当地的批发商。”

“我在比蒂肉铺楼上租了个房间。”

“圣诞节时我卖火鸡给比蒂肉铺。”

“啊，多么巧啊！”

“亨利·比蒂，是一个挺正派的人。”

“那小房间也不错。”

又交流了一些具体细节——关于那个房间，接着是火鸡的饲养、宰杀和拔毛，欧洲对于卫生和冷冻的规定。金凯夫人透露自己是贝尔法斯特人，谈论了一番那座城市。布莱克里说自从妻子死后他就没去过贝尔法斯特。妻子在世时经常去购物，他说。布兰德商店，他说。

“哦，布兰德可是一家大商店。您一直在农场上吗，布莱克里先生？”

“嗯，是啊。”

“您妻子的事真令人遗憾。”

“是啊。”

那盘面包和黄油端来了，还有茶，以及一小玻璃碟的醋栗果酱。

“我本人也是个寡妇。”金凯夫人说。

“啊，是吗……”

“我知道，我知道。”

轻声说出的这句话，是为了把两个丧偶的人联系起来，为了用无言的痛楚划出一片共同地带。那一瞬间，餐桌旁有一种感觉，似乎死亡几乎是同时发生的。这感觉在金凯夫人来说是一种刻意制造的戏剧性效果，因为她并未遭遇死亡，并未孀居。而在布莱克里来说则是真实的感觉。他吃完了盘里的食物。摆在他面前的是果冻松糕和一壶茶。

“您离小镇远吗？”金凯夫人问。

“噢，不远，不远。”

“我有时候到一个安静的小镇休息。大多是到度假胜地。但每年的这个时候度假胜地都挺冷清的。”

“那是肯定的。”

不久，布莱克里把报纸折起来塞进夹克衫侧面的口袋里。他从椅背顶部的圆球上取下帽子，对金凯夫人说了再见，便去柜台付账了。

“那个女人是谁呀？”希勒尔夫人小声问，布莱克里说她住在比蒂肉铺楼上。他不知道她的名字，他说，是一个到镇上来休息的贝尔法斯特女人。

*

从那之后，布莱克里发现自己经常与金凯夫人不期而遇。在希勒尔咖啡馆里，她总是跟他坐一张桌子，即使有一次刚进门就有一张空桌。一天，她正在布朗戴尔报刊糖果店里，他进来买报纸。还有一次，他开车返回农庄时，她在前面一英里之外，他朝她挥手致意，她也朝他挥手。几天后，她又在路上出现了，打着一把伞，于是他停下车，觉得应该提出捎她一段。

“啊，您真是太周到了。”她说。

“您要去哪儿？”

金凯夫人说不想去什么地方。只是随便走走，打发下午的时间。“我叫金凯夫人。”她补充道，因为以前没有把这个信息告诉他，接着又问他是否曾感觉到下午的时间很难熬。

布莱克里回答说，一天里的任何时间对他来说都一样。他想把话说得礼貌，谨慎地挑选词语，不希望显得唐突无礼。“那是马多尔农场。”他们经过一处大门敞开的田地时，他说道。春耕正在进行，给马多尔干活的奎恩在开拖拉机。马多尔的地很多，布莱克里解释说，有些一直延伸到小镇外围。

“这是我自己的几公顷地。”他那座涂成粉红色的路边农舍和火鸡棚出现时，他介绍道，“我把您放下吧？雨好像停了。”五分钟前他把雨刷器关掉了，挡风玻璃上又滴了一些雨点，正在慢慢变干。下桥街以前也有个人叫金凯，是位牙医，那时候现在这位牙医还没有搬来。

“慢慢走回去会很舒服。”她说，布莱克里把车停下，准备拐入院子时，她下了车。她谢过了他。“那前面是什么？”

“劳顿农场。离这儿四分之一英里。”

“我过去看看。”

“很小的。”

“我喜欢小地方。”

拉齐姐妹——一对四十五岁的双胞胎——正在拔毛棚里，那些处理完的火鸡在屋梁上吊成一排。姐妹俩穿着一模一样的黑色和灰色工作服，看到老板走进棚子，嘴里露出一模一样的、挤挤挨挨的牙齿，红兮兮的头发从两顶布帽子下面鼓出来。她们从小就给布莱克里的火鸡拔毛，已经拔了二十九年。奎恩在马多尔放他假时也会过来，在农场上干一些必须要干的活儿。

布莱克里朝两个女人点点头。她们干得不错。他数了数拔光了毛的火鸡，一共十六只。送货人四点钟到，届时要准备二十四只火鸡，肯定来得及。拉齐姐妹听了他的夸奖仰面大笑，笑声尖利刺耳。她们不可能看见刚才他开车捎上的那个女人，她们不会听见他俩的说话声。她每次都坐在他那张桌旁，希勒尔咖啡馆的人肯定议论纷纷，可是他有什么办法？天下着雨呢，他在路上看见她不可能不理不睬，擦身而过。他把车停在披屋里，过去修栅栏，那栅栏很久以前就需要修理了。他的两只牧羊犬跟他一起来了，在他的脚边慢慢跑着。

修栅栏花的时间比他估计的长。活儿干完时，送货人已经来过，拉齐姐妹已经回家了。他调配晚上的饲料时，狗汪汪叫了起来。

“这是给你的。”金凯夫人说着，递过来一个装在牛皮纸袋里的东西。小雨还在下着，但她已经把伞收了。“我在穆林小店躲雨来着，”她说，“那真是个挺温馨的小酒吧。”

布莱克里瞪着她递给他的纸袋。“这是什么？”他说。

她笑了，摇摇头，示意他必须自己解开这个谜。“让你高兴高兴，布莱克里先生。”

他不想接受她的礼物。她没理由送他礼物。她没理由走进院子里来找他。

“不用，不用。”他说，从湿漉漉的纸袋里抽出一瓶布什米尔爱尔兰威士忌。“不用。”他推辞道。两只牧羊犬刚才被他打发到了墙角，此刻蹲着身子一点点地蹭过来。“啊，不行，”他说着把瓶子和纸袋递了回去，“啊，不行，不行。”

雨越下越大了。“我在你的泥炭棚里站一会儿行吗？”她说，“你尽管忙你的，布莱克里先生。区区一份薄礼，为了感谢你的好意，让我跟你坐同一张桌子什么的。穆林说你跟普通人一样爱喝上一杯。”

“这我可受不起。”

“没什么的，布莱克里先生。”

“到厨房里来，等雨停了再走吧。”

她说不想打扰他，可他什么也没说，径自把她领进了房门。在厨房里，拉开暖气的调节风门，让屋里暖和起来。酒和纸袋放在了桌上。

“你看上去冻坏了，布莱克里先生。”她说，从碗柜里拿出两个酒杯，他看着大为吃惊。她打开酒瓶，给两人都斟满了威士忌。这没什么，她又说了一遍。

布莱克里暗自庆幸今晚奎恩不来。拉齐姐妹在路上肯定碰到她了，但不会知道她是谁，而且怎么也猜不到她会走进院子。

“他跟我谈到你，”只听她说道，“穆林先生谈到你。”

“我偶尔会去那儿。”

“他跟我说了你妻子遇难的事。说了事情经过。当然，还有你的女儿。”

布莱克里什么也没说。威士忌在胸口发热。不知道穆林都说了什么，他其实是个不爱喝酒的人，但偶尔来点儿布什米尔威士忌倒也不错。这是告别礼物，她说。

“你很快就要回去了？”他问，语气平和，不是追问。

她已经脱掉大衣，穿着一条带红色小亮点的蓝裙子，那些亮点像是铅笔画出来的。裙子顶部系着一条大红色的围巾。她坐在桌旁，一条腿搭在另一条腿上，因为长筒袜的面料是紧绷的，两个膝盖看上去都亮晶晶的。她的雨伞竖在石板地面上晾干。

“早晚要回去的，”她说，“干杯！”

他又喝了一口，她往两人的杯里添了些酒。她环顾厨房，说很温馨。“梅布尔。”她说。

“什么？”

“我叫梅布尔·金凯。”

雨已经下得很大，啪嗒啪嗒地打在玻璃窗上。暖气开始发出嗡嗡的响声。他起身把调节风门推上了一点。

“这场阵雨可够厉害的。”她说。

“是啊。”

“你从来不笑，布莱克里先生。”

布莱克里听了感到有些尴尬。“我想我大概是个比较沉闷的人。”

“才不是呢。听了那些事情后，我就觉得可以理解了。”

她问他是不是一直住在这座房子里，他说是的。他父亲从马多尔手里买了一些地，当时是养猪。房子是马多尔家建的，没有打地基，他父亲买到手以后才知道，怪不得当初买来这么便宜。

“当时是个大家庭，是吗，布莱克里先生？”

他摇了摇头。一家四口，他说，比后来他自己的小家多一个人。“我有个哥哥，威利·约翰。”

布莱克里一提到威利·约翰的名字，就听见威利在他的记忆中无声地大笑，嘴巴张得大大的，脸上的肉都皱起来，眼角的雀斑连成了一片。傻大个，一副蠢相，父亲说他笨手笨脚，但后来就是那双手，用零件攒出了一架双发动机的狄瓦丁 510 战斗机。

"我们经常在田里开飞机。"他不知道为什么要告诉她；本来不想说的，但有时候喝了点威士忌就变得饶舌了，虽然并没有喝很多。喝酒能让一些事情活跃起来，他觉得现在就是这样。一架梅塞施米特式战斗机停在荆棘丛中，威利·约翰小心翼翼地把它救了下来，发现尾管和一个机翼损坏了。他自己那架黑寡妇起飞了，一直飞到发动机里的轻质燃油耗光。黑寡妇轻轻滑向修剪过的草地。真他妈的棒，威利·约翰说。

"就你们两个，"她说，"我们家就我一个。"

"动乱开始时，威利·约翰逃出去了。圣诞节的时候我收到卡片。他在科罗拉多州的丹佛。"

厅里的电话响了。是爱尔兰北部餐厅的拿撒·史密斯来订下周的火鸡。说完火鸡的事，拿撒说他的女儿订婚了。

"我听说了。真是太好了，拿撒！"

"是啊。现在只希望平静的局面能持续，让婚礼顺利举行。定的货星期四能送到吗？"

"没问题，拿撒。"

在厨房里，她已经站了起来，手里拿着煎锅。煎锅里凝结着做早饭时的油脂。她已经从冰箱里拿出咸肉片，并掀开了炉子的一个盖子。桌子上摆出了刀叉。

“我以为你的电话还会长一些，”她说，“本来想给你一个惊喜的。”

“哦，看……”

“请坐，再喝一点酒。外面还是瓢泼大雨。你这里有香肠，想吃两根吗？”

“下大雨没关系。我可以开车送你回去。”

她摇摇头。她说什么也不会让一个喝酒的男人开车。她把四片咸肉摊在煎锅的油脂里，然后把锅架在火上。她戳了四根香肠放在滴水板上。“你有鸡蛋吗？”她说。

他从餐具储藏室拿来一碗鸡蛋。自打海蒂和杰奎琳死后，就没有女人在厨房里做过饭。在他的记忆中，从参加葬礼的客人踏出房门的那一刻起，这个家里就没有过女人，拉齐姐妹也没进来过。他不应该那样谈论威利·约翰的。他的话鼓励了她。他不应该喝布什米尔威士忌的。

“等雨停了，我走路回去，”她说，“我只是打发时间，布莱克里先生。”

“我开车送你，”他坚持道，“警察都认识我，不会把我拦下的。”

*

金凯夫人脱着衣服，心里想着他。这是一个心灰意冷的男人。酒吧里的那个人也这么说。他被生活的磨难摧毁了，但尽管如此，他并未倒下，经营着他的火鸡场。有两个怪模怪样的女人替他干活，她在路上碰到过她们，工作服上沾满了火鸡毛。他每天在价格昂贵的咖啡馆里吃饭，他记忆中有玩具飞机，他闭口不谈自己的妻子和女儿：这就是他的生活。来自丹佛的一张圣诞贺卡给了他精神力量。

金凯夫人脱去最后一件内衣，猜测他也在想她，说不定他脑海里幻想的正是她此时此刻的样子。不管是否心灰意冷，总有一颗火星可以被点燃。金凯夫人在这方面是老手，用不着问自己今天是否做到了这点。她打破了自己的决定，当她扣上睡衣纽扣时，问自己是否愿意就此收手，明天离开，不让事情继续发展下去。她开着台灯躺了一会儿，然后伸手把灯关上。她此刻的感觉，是每次生意做到这个阶段时经常会有的——似乎她自己的某个影子正在纠缠她，似乎，如果那八万四千英镑没有被骗走，她会成为另一个完全不同的女人。

“孤苦伶仃。”她在黑暗中喃喃地说，把这句话用在火鸡农场主身上，却迷迷糊糊地想起自己遭遇那场灾难时，也曾用它形容过自己。

*

金凯夫人那天晚上来过他家的第二天早晨，布莱克里意识到他并不担心有人看见他开车把她送回比蒂肉铺楼上的房间。总的来看，她在他的厨房里跟他做伴，并未让他感到不快。他们吃了她做的饭菜，她洗干净了碗。她对几件事表示了同情，他们离开前，他带她参观了拔鸡毛和填火鸡肚馅的棚子，虽然心里告诉自己不该这么做。“这真是太可爱了！”她说。

那天她没去希勒尔咖啡馆，第二天也没去。她可能走了，布莱克里想。她给他买了那瓶酒，现在已经回贝尔法斯特了。他表现得不够热情，过于谨慎，疑神疑鬼，生怕拉齐姐妹知道她给他做了饭，生怕奎恩突然走进来。他正想着她呢，突然听见狗叫，并听见她的声音在安抚狗。

“我只是路过。”她说。

布什米尔威士忌再次斟满，他们第二次在他的厨房里一起吃饭，这段对布莱克里来说由此开始的友谊，后来又在希勒尔咖啡馆和火鸡棚再次谈及。因为他过去的磨难，人们为此感到欣慰，当看到两个人一起出现在斯泰拉影院的台阶上时，人们又一次感到高兴。有人报告说一个星期五的晚上他们在王冠舞厅里跳舞；大家都知道迪比旅馆酒吧的一个角落专归他俩所有。

不久之后，拉齐姐妹见到了金凯夫人，奎恩也见到了。星期天她被带去跟约翰斯顿牧师共进午餐。一天早晨，布莱克里醒来时意识到自己深深地思念金凯夫人，意识到自己想她时内心泛起丝丝柔情，他为自己迟迟没有倾吐衷肠而感到焦虑。

*

“哦，不行，亲爱的，不行。”

她说他太好了，自己配不上。这么好的一个男人，她说，这么稳重踏实、这么正派、这么结实的一个男人。她什么也不能带给他，她说，只能两手空空地过来，这是绝对不行的。金凯去世时没有给她留下多少钱，她说，金凯没想到他这么快就撒手人寰，正值壮年的人谁都不会想到。几年前，金凯夫人听说一个贝尔法斯特男人在给外墙钻孔时触电身亡，她便信手拈来，成了金凯的死因，倒也非常合适。

“不，绝对不能。”她反复地说，审视着那瘦削的脸上她知道肯定会出现的惊讶神情，以及面颊上逐渐加深的红晕。“你有你的生活，”她说，“你有你的回忆。我绝不能干扰你的世界。”

他沉默了。难道他认为自己在出丑吗？她猜想道。难道他喝完这杯酒，就不再提这事了？

“我一个人生活。”他说。

他们是在旅馆酒吧里，六点到七点之间，正是安静的时候。前一天，她说过完这星期她肯定就要离开了。休息够了，活力得到了补充，她说。

“我独自一人。”他又说了一遍。

“我难道不知道吗？我难道没有说你会感到孤单吗？”

“我想对你说的是……”

“我知道你想对我说什么。我想对你说的是，你的生活已经稳定。你很富裕，而我没什么财产。是不是这样？”

“不是钱的问题……”

“钱的问题永远存在。”

谈话柔和地变成了争论。感情在这之间蔓延，真感情和伪感情。能认识他非常高兴，金凯夫人说。来到一个地方，交到一个朋友，没有什么比这更开心的了。可是布莱克里不依不饶。他们之间有感情，他坚持说，她不能否认。

“我没有否认，丝毫没有否认。我只是想对你公平一点。我有着一个贝尔法斯特女人的谨慎。”

“而我也像爱尔兰北部的所有男人一样谨慎。我的谨慎是出了名的。”

“可是你在信任一个素不相识的人。实话实说，是不是这样？”

“你对我来说绝不是素不相识。”

“到最后摊牌的时候，你对我这个女人一无所知。”

布莱克里做了个手势表示否认。他没有说话。金凯夫人说：

“如果我问你要钱，你凭什么给我呢？我不会那么做，但万一我要了呢？你摇头拒绝，谁会责怪你？如果我说给我写一张两千英镑的支票，你说不行，谁会责怪你？凡是有头脑的人都只能这么说。如果我对你说，我会留着那张支票，绝不会拿到银行去兑现，只是作为我们俩之间的一个信任保证，你肯定不会相信我。”

“我凭什么不相信你？”

“这正是我想跟你说的话。我这个女人突然在小镇上出现，为了暂时摆脱大城市的喧闹和嘈杂。如果你对自己说我压根儿就不相信这个女人，谁会责怪你？我想说的是，等我们之间有了信任，也许才可以谈论其他。你明白我的意思吗，亲爱的？”

“我们已经很了解对方了。”

“也许了解，也许不了解，亲爱的。我们曾遭遇过厄运。”

接着，金凯夫人谈起了她往日的不幸，说的都是实话，一般到了这个阶段她只说实话。

*

布莱克里把手伸进夹克衫的内兜，掏出一本北方银行的支票簿。他写了支票。签上日期和姓名，撕了下来。他把支票递给她。她接过来，盯着看了足足一分钟，然后撕掉了。

“别这样，”他说，“我是当真的。”

“我从没见过比你更正直的男人。”金凯夫人说，那本摊开的支票簿在他们俩中间的酒吧桌上又躺了一会儿。当他伸手去拿时，她说：“我是用我做姑娘时的名字开户的。”她把名字告诉了他，她说话时他已写下“梅布尔”，此刻又在旁边加上这个名字。“永远不会拿去兑现的，”她说，“我向你保证。”

互相不写信，她强调说。两个月后，他们再在此刻的这张桌子旁相见，这张已经成为他们专属的桌子。他们选定了日期和时间，七月底的一个星期二。

*

支票上开的是金凯夫人提到的那个数额。她一回到贝尔法斯特就把它存入了她的账户，并在笔记本上记了账。两天后，支票到达布莱克里的银行，确认支付，因为有他的有效转账指令：如果活期存款账户的金额不够，就从他的定期存款账户转账。十六天后，他收到了他的下一份银行对账单。

*

她可以嫁给那个人的。她经介绍认识的那位牧师就能为他们证婚。下半辈子她可以当一个火鸡农场主的妻子，她想知道那是什么感觉——在农舍里醒来，院子里有牧羊犬，她猜想他们会有怎样的谈话，遭坏人迫害是他们共同的话题。

于是，金凯夫人隐约感到有些后悔，觉得自己在浑然不觉中错过了一个机会。她本能地想写一封信，却不知道在信里说些什么。她越是琢磨该不该写信，就越是坚信总有一天会得到灵感，最后洋洋洒洒地写上一页两页，就像在笔记本上记账一样轻松。时间会一点点过去，她坚信时间具有冲淡一切痛苦事件的能力。不用说，那个可怜的男人肯定很痛苦。

*

悲哀折磨着布莱克里，但随着时间的推移，渐渐减轻了一些。他开始自认倒霉。都怪他自己，他太愚蠢了。本来是有抵抗力的，他却让它滑走了。尽管如此，到了他们约定见面的那天，他还是穿上西装，去了迪比旅馆。

他在酒吧里他们的那个角落等了一小时，相信虽然时运不济，也许能得到一个解释。然后他就走了。

他驱车离开小镇时，内心隐约闪动着一丝希望，但他不知道这希望从何而来，甚至不知道这希望是不是空穴来风。他没有细细揣摩自己的情绪，希望驻留在他心间。

*

金凯夫人回到贝尔法斯特后，动乱又开始了。杀人害命，冤冤相报，教堂被焚烧，街上设了路障，奥马城满目疮痍。然而人们依然相信不堪一击的和平，在这么长时间的战乱后，和平尤其珍贵，不愿轻易放弃。动乱中的人们固执地坚守他们中间蔓延的那份希望，激烈地叫嚷着不让这希望消失。平静的生活又变得喧嚣，但它温暖的感染力已经传到了布莱克里那儿，同时也传到了金凯夫人这儿，虽然她的麻烦是她个人的。她终于厌倦了在笔记本上记账，拿起纸笔开始写信。

电话游戏

莱西对婚礼前夜男女双方不能在一起的传统不太在意，所以托尼同意举办一个派对，让两边的人都来参加。一场派对是不可缺少的，因为婚礼当天程序繁杂，久违的朋友们很难尽情地欢聚，但他们又不愿意为了顾及这点而让接待工作无限延长：他们还想及时赶到威尼斯，享用婚后的第一顿晚餐呢。于是，在托尼那套已经布置成婚房的公寓里，他的朋友和莱西的朋友提前欢聚一堂，红酒慷慨地倒进酒杯，背景音乐伴着翩翩舞姿，明日即将大婚的新郎新娘从宾客的谈话中对彼此又增加了一点了解。这些人的友谊比他们之间的感情更长久。

今晚，莱西的举手投足间有了一份拘谨，这使她姣好的面容显得更加妩媚：她一心想着自己的婚姻。柔顺的小麦色头发披散在肩头；浅蓝色的眼睛稍稍不如平日那么娴静，但微微一笑，那份娴静又回来了。“哦，托尼，你运气真好。”托尼一个以前没见过莱西的表弟说，托尼说他知道。托尼也是浅色头发，性情洒脱而幽默，有一种独特的帅气。

莱西的父亲在德国，是一位手套制作商。托尼在英国，父母一九七七年死于惨烈的飞机失事，之后他就一直由一位姨妈照料；两架喷气式飞机脱离跑道相撞——当时托尼七岁，是家中唯一的孩子。十九年后，他和莱西偶然相遇，午餐时间在一家人头攒动的餐馆，离维多利亚车站不远。“你说我们还能再见面吗？”他恳求道，当时一个矮矮胖胖的中年女侍者正给他们端来咖啡，对他的勇敢赞许有加，并在脸上表露了出来。他们共同搭乘的第一辆出租车，驾驶座背后的号码是00178，黑色的字母，印在椭圆形的白色瓷釉上。后来，他俩都十分浪漫地回忆起这一切，以及出租车司机的谈话，还有那个矮矮胖胖的女侍者。

相爱之后，莱西听说了一九七七年的那场空难，托尼也听说了莱西家族世世代代赖以为生的那些手套，绵羊皮的、猪皮的、山羊皮的、鹿皮的。托尼第一次拜访施齐勒斯瑙时，人们跟他谈论手工缝制和染色有什么技巧，不同的皮子需要哪些不同的衬料，还带他参观了长长的一排排模板和那些心满意足的工人，架子上整整齐齐地摆放着刀子和割皮子的工具。在施齐勒斯瑙，托尼在爱情的驱使下，扮演了需要他扮演的角色，问这问那，表示出自己的兴趣。莱西在去见托尼的姨妈前心里惴惴不安，姨妈在南海岸的一栋小别墅里一天天老去，从那里能远远地看见一趟趟往返法国的渡船。其实莱西根本没必要担忧。“她很可爱。”托尼的姨妈说，而在施齐勒斯瑙——那里有莱西的两个妹妹和忙碌的家庭生活——大家都认为托尼很有魅力。最初有一丝隐隐的忧虑——在施齐勒斯瑙和英国都有——似乎这场婚姻背上了一个不必要的负担，如果莱西选择嫁给德国人，托尼娶个英国姑娘，则完全可以避免这个负担：毕竟，在两次可怕的战争中，两国敌意颇深。这是一种淡淡的感觉，跟当时的柔情蜜意格格不入，它像个阴魂不散的老幽灵一样在周围盘旋，但最后未能在议事日程上占据一席之地。真正带来阴影的是电话游戏。

婚礼前的那个夜晚，是托尼提议玩这个游戏的。事后，他怎么也想不明白自己为何这么做，他凭什么奢望德国人能理解这个游戏的幽默，当然啦，当时他已经喝了不少酒。而莱西呢，她后悔没有一口咬定她的婚礼派对上不适合搞这样的娱乐活动。“哦，托尼！”她只是这样半真半假地抗议了一句，托尼根本就没听见。

他已经跟莱西的两个妹妹——她俩都是伴娘——解释过了，游戏规则是给陌生人打电话，如果能让一个陌生人跟你对话的时间超过其他人，你就赢了。这个信息传给了那些迷惑不解的德国人，他们礼貌地追问会有什么结果。

“我是开机动船的，”音乐关掉时，莱西在格林沃德小姐幼儿园的一位同学正在说，“发动机装在舷外，明白吗？”

托尼要求这位同学和其他人——留在派对上的还有三十多位——保持安静。托尼的伴郎拨出一个号码，告知第一位陌生人街上有煤气泄漏，要求他去查看家中每个房间有没有可疑的气味，然后回来在电话里说明情况。第二位陌生人被告知外面有一根保险丝断了，所有的电路都必须拔掉或切断，以免造成危险。给第三位陌生人的建议是关闭他家的窗户，防止游荡的臭鼬闯入。

“这里是水利管理局，”轮到托尼时，他说道，“非常抱歉这么晚给您打电话。有一个紧急情况。”

有几位德国客人仍然摸不着头脑。“怎么，他们都是你们的朋友吗？”虽然都解释清楚了，一个梳辫子的姑娘还是追问，“是跟朋友搞恶作剧吗？”

莱西再次说明那些电话都是随便打的。这个游戏就是尽量拖延，不让通话中断。她悄声细语，以免声音传到托尼电话线那头的那个人耳朵里。“什么？到底什么情况？[①]”她的朋友轻声问，莱西说其实都是闹着玩儿的。最后一个电话持续了三分四十五秒，而前一个只持续了几秒。

“我们希望您做一件事，”托尼说，“就是到你们家阁楼的水箱去把进水龙头关掉。这个龙头一般是红色的，夫人，当然啦，颜色可能已经褪掉了。我们正在努力防止你们家发大水。”

“发大水？”电话那头的女人跟着说了一句，声音里困意未消，“怎么回事？”

“我们的一个变压阀失灵了。水压达到了危险的高度。”

“都这会儿了，我没法爬到阁楼上去。半夜三更的。”

“那么我们只能请求这个地区的其他人了，夫人。也许您的丈夫……”

“我没有丈夫。这儿一个人也没有。我已经七十三岁了。我怎么会知道水龙头的事？”

“对不起给您添麻烦了，夫人。如果不是迫不得已，我们也不会让您做这件事。变压阀失灵是很危险的。接下来主要的链接阀也

---

① 原文为德语。

会失灵，那时候就来不及了。链接阀一失灵，几分钟内水位就会涨到十六英尺高。那样的话我就要建议您转移到楼上的房间去了。”

托尼用手掌捂住话筒。对方跑去拿梯子了，他小声说，还有手电筒。他又听了听，说有一只猫在喵喵叫。

“不会有什么事吧？”另一个德国女孩凑过来问莱西，那个开舷外马达船的德国人完全弄懂了这个游戏，微笑着示意不会有事。游戏很好玩，他认为，但在施齐勒斯瑙可行不通。太复杂了。这是典型的英国式幽默。

托尼听见慢吞吞的脚步声，远处一扇门关上了，同样是在远处，那只猫又叫了起来。然后是一片寂静。

托尼环顾在场的宾客，有几个像他一样有了些许醉意。他哈哈大笑，不再顾忌声音会传到电话线那头的房子里，因为那个孤独的住户大概已经在阁楼上了。他把话筒放在狭长电话桌上的电话号码簿旁，拿过一瓶桑塞尔白葡萄酒给两个空杯子斟满。一个他当年的同学开始讲述，有一次霍克斯顿的一个男人被骗到街上去看是否有一辆被盗的蓝色小货车停在那儿。他自己也有一次冒充一个交际舞学校的老板，提出免费授课六次。几个德国人说他们得告辞了。

“嘘。”托尼举起一只手，又听了听。可是电话那头没有声音。“她还在阁楼上。”他说，把话筒又放回电话号码簿旁。

“你住在哪儿？”伴郎问，此时音乐声又起，他拥着那个梳辫子的姑娘翩翩起舞，嘴唇轻轻擦过她的面颊。电话游戏就随它去吧。

“在德国，”那个开舷外马达船的男人解释道，“我们会说这是电话骗局①。"

"哦，这里也是，"那个不赞成电话游戏的英国姑娘说，"其实就是骚扰电话。"

剩下来的几个人同时告辞了，那些德国人在谈论冲凉运动②，一种跟喷水有关的恶作剧。往自动售货机里投十个角子，却发现自己被淋成了落汤鸡。"浇你没商量。"开舷外马达船的男人翻译道。

*

"你可以留在这儿。"托尼说，他和莱西已经把酒杯和烟灰缸都收拾起来，洗净擦干，靠垫拍得松膨膨的，并打开一扇窗户，让一股清凉的夜风吹进来。

"可是我的行李还没收拾完呢。明天早上事情太多了。"

托尼和莱西在这套即将成为他们新家的公寓里走来走去，从一个房间到另一个房间，其实他们对这些房间已经非常熟悉。音乐仍然轻轻地响着，他们在小客厅里跳了会儿舞，很高兴终于可以享受二人世界。两人初次相遇的那天中午，那个拥挤的餐厅里有一场同事聚会，非常吵闹，旁边桌上一个穿红点点衣服的女人在跟朋友吵架。后来总记得莱西当时是那么矜持，之后当托尼说爱她的时候，她也是那么矜持。他们还同样充满柔情地记得，两人想要的都是婚姻，而不是逢场作戏，都希望得到婚姻的要求、盟誓和制约的束

①② 原文为德语。

缚。伦敦是他们爱情开始的城市，莱西坚持要在伦敦结婚——无视所有的传统习俗，这使她的父母大为烦恼和不快。

他们跳舞时，托尼注意到话筒仍然放在电话号码簿旁。早在半小时前，他就把这事忘到脑后了。他停住舞步，伸手拿起话筒。他说：

“她还没把电话挂断。”

莱西从他手里接过话筒。她也听了听，听见电话那头空寂的声音。“喂，”她说，“喂。”

“她忘记了。她睡觉去了。”

“她会忘记吗，托尼？”

“嗯，大概会吧。”

“她说自己的名字了吗？你还记得号码吗？”

托尼摇摇头。“她没说名字。”他忘记了号码；大概一开始就没有留意，他说。

“她刚才说什么了，托尼？”

“只说她没有丈夫。”

“她丈夫出去了？在这个时间？”

他们不再相拥。托尼关掉了音乐。他说：

“她的意思是她是寡妇。已经不年轻了。好像是七十三岁。”

“这老太太到她的阁楼上去……”

“唉，我的意思是，她说她要去。很可能她根本不相信我的话。”

“她去找梯子和手电筒了，你告诉我们的。”

“我记得她说穿着睡衣很冷。她很可能直接回床上睡觉去了。

我不怪她。”

莱西又听了听，说：

“我能听见猫叫。”

可是她把话筒递过来后，托尼说什么也听不见。什么声音也没有，他说。

“离得很远，那只猫叫了叫又突然停住了。别挂电话！”莱西看到托尼要把话筒放回叉簧，赶紧喊道，“她还在她的阁楼上呢，托尼。”

“哦，说实在的，我不这么认为。她怎么可能还在阁楼上呢?关掉一个旋阀要不了多少时间。”

“旋阀是什么?”

“是控制水的一种装置。”

他隐约听见了猫叫，喵的一声，接着又是一声。托尼又摇摇头，默默地否认这个声音，却不知道自己为何要这么做。莱西说：

“她可能摔下来了。用手电筒看不清楚，她可能摔下来了。”

“不，我认为不会。”莱西认识托尼一年半了，第一次在他的声音里听出了烦躁。不把话筒放回去毫无意义，他说。“好了，忘了这事吧，莱西。”

莱西怀着沉重而纠结的心情，望着再过十二小时就要与之结婚的这个男人的面孔。托尼又露出她熟悉的那种随和的微笑。没有意义，他又说了一遍，语调更加温和。纠缠这件事情没有任何意义。

“真的，莱西。”

初次相遇的那个下午，他们悠闲地漫步。他领她穿过森林公园，然后走到河边。她在伦敦进修英语；那天下午，她本来还有课的。一直到五点一刻，托尼才给自己上班缺勤编了个理由。第二天他们又见面了。

“什么事儿也没有，莱西。”

“她可能死了。”

“哦，莱西，别这么愚蠢。”

话一出口，托尼赶紧道歉。她当然不愚蠢。愚蠢的是那个游戏。他后悔今晚玩了那个游戏。

“可是，托尼……”

“她当然没有死。”

“你凭什么这么肯定呢？”

他摇摇头，想表示他并不是妄作断定，只是按道理说话。在相互了解的这么长时间里，他发现莱西的想象力有时候比较烦人；她自己也这么说过。她说自己天性中有一种毫无意义、可有可无的怪癖，使她经常对事物的表面现象产生怀疑。当时托尼回答，音乐也是毫无意义的，一片花瓣也是可有可无的：市场上不卖钱的东西才应该是最有价值的。可是莱西说自己性格上的这种怪癖很讨厌；托尼知道，他现在算是第一次领教了它的厉害。

“我们别吵架，莱西。”

可是争吵——已经在两人不知不觉中开始——并且蔓延，在沉寂中暗藏险恶，那个静默的电话从一个人手里递到另一个人手里，似乎更加重了这种沉寂。谁也没有再听到猫叫，托尼说：

“听我说，到了早晨，她看见听筒还挂在那儿，就会想起她忘记挂断电话了。”

“现在已经是早晨了，托尼。我们可以去找警察。”

“找警察？为什么？”

“他们能查出那座房子在哪里。”

“哦，完全莫名其妙！”托尼说，这时话筒正好在他手里，他又想把它挂回去。

莱西一把抓住，怒火燃红了她的面颊。她问托尼为什么想要这么做，托尼耸了耸肩，没有回答。他不回答是因为这一切都很荒唐，因为他不敢贸然开口说话。

“警察查不出来的。”沉默过后，他说。警察没有电话号码可以顺藤摸瓜。他们所能告诉警察的，只是在伦敦什么地方的一座房子里有一个老太太和一只猫。托尼说，整个伦敦有数不清的老太太和数不清的猫。

“托尼，你回忆回忆那个号码。”

“哦，上帝啊！我根本就不知道那个该死的号码，怎么可能回忆得出来？”

“那么，电脑里应该会有。”

“什么电脑？”

“在德国，所有的通话记录都在电脑里。”

其实莱西也不知道是不是这样。她只知道如果托尼把听筒放回去，就一点办法也没有了。他为什么想要那么做呢？

“亲爱的，不能，”托尼说，“不能半夜三点跑到警察局，说一个老太太爬到她家阁楼上去了。那是一个善意的游戏，莱西。”

莱西想让自己保持沉默，但没有成功。话还是脱口而出，未经选择，违背她的意愿。

“那是一个恶劣的游戏。有了这样的结局，怎么可能不恶劣?”

那个老太太躺在那里，莱西听见自己的声音在固执己见。敞开的活板门透出灯光，下面放着梯子，还有积满灰尘的木板和水管。猫的眼睛在暗处像两个细细的小孔。

“她脑袋撞坏了吗，托尼？人老了骨头就会变脆。我是说有可能发生这种事。”

“相信这种事情发生简直毫无道理。”

“电话一直没挂——”

“她没把话筒放回原处，是因为她忘记了。”

“你叫她回话的。你叫她按你说的去做，做完后告诉你一声。”

“有时候人们一下子就能识破这是个圈套。”

“喂！喂！”莱西焦虑地对着话筒喊，“喂……请说话。”

“莱西，我们只能等她醒了再说。”

“至少那只猫能把老鼠吓跑。”

有人会看见屋里还亮着灯。有人会走进房子，发现电话没有挂好。一个穿着睡衣的老太太为什么把梯子放在活板门下呢？进来的人会这么问。他们会拿一盘牛奶喂猫，会把话筒放回原处，其中一个会爬上梯子。

“真希望这事不是发生在今晚。”

“莱西——”

“你想把话筒放回去。你不愿意知道。你希望我们永远不要知道，你想就这样不了了之。”

“不，我绝对没有。”

“有时候自己意识不到。一个人的做事方法，自己意识不到。”

“拜托。”托尼再次恳求，莱西感觉到他用双臂搂住了自己。一时间，泪水使他们共处的这个房间变得模糊，他轻轻地抚摸她的头发。她能重新开口时，在他的喃喃安慰声中轻轻重复着她希望这一切不是发生在今晚。她似乎突然患病了，觉得身体的什么部位一跳一跳地痛，却又说不清是哪里。这痛楚来自她混乱不清的思绪，或因为她被撕裂了，似乎拥有了两个自我。他们之间不应该有争吵。以前不该有，现在也不该有。这件事为什么要发生在今晚，发生在此刻？这个问题在莱西的大脑里反复出现，像一把锤子在敲，持续不断，挥之不去。想象力就像哥特式城堡，她在格林沃德小姐幼儿园时就自己编童话，后来又虚构幻想故事，主角是她最喜欢的电影明星。这是很可笑的，因为现实被扭曲了。毫无疑问，托尼是对的。

“我忍不住地想到她，”莱西仍然轻声说，“我忍不住。”

托尼转过身，慢慢朝窗口走去。他想出去，想到街上走走，想有个机会静下心来想想。当初莱西想在伦敦举办婚礼时，人们叫他去跟莱西商量商量。从施齐勒斯瑙寄来一封长长的信，请求他出面干预一下，让她明白道理。这么做对大家都不方便，还会增加不必要的花费；这是她的怪癖[①]。

---

① 原文是德语。

今晚，莱西得知托尼小时候胆子很大，顺着窗台从宿舍的一扇窗户走到另一扇窗户，离地面十八英尺高。她听了很高兴——托尼自己没有告诉她，说明托尼有勇气却又不爱吹嘘。然而，现在一切似乎都变了味儿。

"这是一种感觉。"莱西说。

托尼站在窗口，望着下面空荡荡的街道。路灯尚未熄灭，还会再亮几个小时。然而黎明已经悄悄来临，潜入了那些停泊的汽车、那些前一天夜里从地下室拿上来的塑料袋、那些锁在栏杆上的自行车。她这话是什么意思？一种感觉？

"说实在的，没理由感到担忧。"

托尼说话时，从窗口转过身。此刻莱西的神情紧张、僵硬，一时间显得不美了。涌入房间的空气凉飕飕的，令人感到神清气爽，他又一次希望出去走走，独自待在某个地方。她的意思是不爱他了，她已经离他而去。他再次凝望下面的街道，背对着她，把这话说了出来。

"哦，不，我是爱你的，托尼。"

在伦敦各地，有着天亮后参加婚礼的嘉宾，此刻正在安睡——千里迢迢从施齐勒斯瑙赶来的她的父亲母亲、她的亲朋好友。她两个妹妹的伴娘礼服已经准备好。鲜花也预定了，还有一辆彩带装饰的婚车。旅馆的草坪专门为接待宾客而修剪过。托尼的姨妈在她的海边别墅里熨好了她挑选的衣服，莱西想象它们挂在衣架上静静等待的样子。早晨的航班会把更多的宾客从德国送来。她坚持要在这座他们相爱的城市举办婚礼。如果是在施齐勒斯瑙，就不会有睡梦中的老太太受到打扰，不会有无意造成的恶性事故。她凭什么知道从房子里抬出的死者不是装在棺材里，而是装在朴素的长匣子里呢？

“我们是两种不同的人，托尼。”

“因为你是德国人，我是英国人？是吗？说来说去，历史还是无法抹去？”

她摇了摇头。他为什么那么想？他为什么偏离得那么远，这么不动脑筋地抓住一个现成的说法？

“我们不是敌人，我们是朋友。”她又说了一句，想解释对她来说应该并不复杂的事情。然而她觉得自己把事情搞复杂了，因为对方的回答充满困惑。

“还记得那场同事聚会吗？”托尼说，“穿红衣服的女人在吵架？女侍者笑眯眯地看着我们一同离开？00178。还记得吗？”

她努力回忆，但那些画面不像平日那样清晰地浮现。“是的，我记得。”她说。

两人交流中的疑虑造成了迟疑，产生了无法掩饰的音调变化。他们一次次沉默，每一次沉默都使鸿沟裂得更大。

“这跟我们自身有关，跟我们不了解的过去无关。”莱西摇摇头，坚持强调自己的观点。

托尼点点头，什么也没说，感觉到忍耐带来的压迫。在一段持续几分钟的沉默中，他暗自思忖着这点，却突然听见远远地传来模糊的说话声，声音微弱，若有似无。他把视线从窗口拉回，看着莱西放在桌上的话筒。他注视着莱西走过去把它拿了起来。

*

他们并肩站在一起，听牧师重复那些熟悉的话语。一枚戒指从一个手掌递到另一个手掌。最后一句话说完，他们转身一起离开牧师和圣坛。

婚礼嘉宾在整洁的旅馆草坪上悠然闲逛。一位摄影师在蔚蓝色的天空下忙个不停。“真没想到你这么漂亮，”托尼轻声说，这时人们又喝了不少香槟酒，正在用德语和英语互相交谈，“我更爱你了。”

在他们偷来的这一刻里，莱西微微笑了，接着又有人讲话，接着她父亲表示，今天两个家庭的结合带来了两个民族的团结，使他感到格外喜悦。“我们是两个愚蠢的民族。”当话筒终于放回去——对方详细讲述了去阁楼的经历，并为完成指令花了这么长时间而道歉之后，托尼说道。他们拥抱了，相拥时因如释重负而产生的暖意唤起了性感。真相的阴影消融在了极度的愉悦中。

“对不起，”莱西在第二天的阳光中说，“对不起，我招人讨厌了。”

大家举起酒杯，祝他们今后的日子比今天更加幸福。车子过来接他们时，他们一同微笑，一同朝车外挥手。终于两人独处了，他们显示出了疲倦，都伸手去握住对方的手。他们的想法不同。在这件事上他是对的。然而托尼又一次想起那个结局。夜里，他没有一刻怀疑自己错了。难道爱情会带来牺牲品？莱西暗自疑惑。难道他们受到警告，要远离一个尚未显露的不安定的领域？为什么在人们的生活和感情关系中，正在发生的小事比两个国家是敌是友更加重要？一时间，莱西很想谈谈这事，就在话要出口时，又决定还是不说为好。

山区光棍

听见他的脚步踏在简陋、陡斜的楼梯上，听见卧室门打开又关上，又听见脚步走进楼上的房间，然后是沉默，她眼前浮现出归来的儿子此时此刻看见的情景：毫无血色的苍白皮肤，长出来的胡茬儿，耷拉的眼皮，凝固的嘴唇，经她梳理过的灰色头发。家里最受宠的是弗兰西斯，然后是米娜。凯文因为可靠也得到认可，而艾丹是长子。只有保利很少被提及。

后面远远的小路上传来汽车声。很快车就会开到农舍。她把杯子和托盘摆在桌上，动作不慌不忙。水壶里的水开过一次，她把它重新放在炉子的热炉板上。孩子们小的时候就没有同时回家过。这次要住两个晚上，家里没有那么多地方，但他们肯定有自己的安排。她打开后门，迎接他们。

*

保利看着直挺挺躺着的尸体，没有勇气对他说一句话。然后，他听见车开来的声音，就走到房间那头的窗前。院子里，弗兰西斯从一辆车上下来，另一辆车正往后倒，以免挡路，是一辆白色的福特，他以前从未见过。顶窗开着，能听见人在说话，凯文说车开得还行，艾丹表示同意。福特车是租来的，标签上写着里摩力克诱饵店。估计是在香农取的车。

保利的两个妹夫没来，也许因为睡觉的地方不够。他们要在都柏林照顾孩子，看来凯文的妻子莎伦也留在卡洛陪孩子了。艾丹一个人从波士顿来。保利从没见过艾丹的妻子，莎伦也只见过一次，那些孩子连一次都没见过。他看着哥哥妹妹们把行李从车里搬出来，估算着其实一辆车也能挤得下，但可能不太好安排，那样凯文就要绕道去香农。

两个哥哥打着黑领带，两个妹妹穿着某种丧服，但行头不全，待会儿再换也行。米娜看上去又怀孕了。凯文头顶已经秃了一片。艾丹摘下开车时戴的眼镜。行李不重。看得出来他们不准备多待，办完事就走。

保利看着下面的院子，知道他们已经做出了某种假设，其实他刚才跟母亲坐在厨房里时就已经知道了。他是家里的光棍，那份工作也可有可无。母亲一个人生活是不行的。

他坐在明格小酒吧里，告诉帕茨·菲奴坎要去奔丧的时候，就知道这点。父亲的死使他失去了帕茨·菲奴坎：得知噩耗，他想到的不是父亲，而是她，在明格酒吧，烈啤酒灌下肚，话脱口而出。“天哪，”她说，“我到一座农舍里去做什么！”

*

后来——他们在山里穿行，送葬的队伍行走过小镇边缘，棺材被送到夜晚停留的地方，死者入土为安之后，一家人回到农舍，第二天早晨就各自散去——保利留了下来。

他并没打算这样。他希望搭乘那两辆车中的一辆，然后乘巴士，再转车，像回来的时候那样。

“他们在什么地方分开？”母亲在告别后的沉默中问。

他不知道。哪儿方便就在哪儿吧。在某个小镇，他们停下车喝一杯，那时气氛不一样了，不是在办丧事的家中。他们会交换一些之前似乎不适合说的消息。艾丹会谈到波士顿，邀请弟弟和两个妹妹去他那里做客。

“到火边暖和暖和，保利。”

“等我先看看小母牛再说。”

“他的靴子在那儿。”

“我知道。”

两个哥哥也借了橡胶靴。不管走到哪儿都是需要的。凯文修好了栅栏，艾丹让羊圈水管里的水又流动起来。他俩还把沼泽地那边松弛的铁丝网拉直了。

“穿上雨衣，保利。”

不会下雨，但雨衣可以挡风。记忆中，童年时的农舍似乎总在刮风——院子里的化肥袋被刮得乱飞，陡峭山的小路上也刮风，土豆田里也刮风，还有大田，自从父亲清理掉田里的石块之后，那就是全家的主要生活来源了。这个地方的主要特色不是雨或霜，而是风，其实雨下得也很多。可是谁在乎雨呢？父亲经常说。

小母牛不需要照料，他早就知道。它们可怜巴巴地站在那里，挤缩在一间坍塌的牲口棚的墙边，身上挂着被风吹干的泥巴。一堵墙倒塌后，父亲掀掉了棚顶，因为那些瓦楞铁要用在别的地方。他留下这堵没倒的墙，就为了让小母牛站在这里避避风。

保利也站在墙的背风处，脚上的泥巴还没有像牲口身上的泥巴那样被风吹干。他记得红色的棚顶一点点被掀起来。凯文在下面等着接，艾丹把螺栓撬出来。他把拖拉机往后倒，让拖车靠近他们。“他要这玩意儿干什么？”他问凯文，凯文说瓦楞铁可以用来填补篱笆的缺口。

慢慢地，保利顺着来路往回走。“你想过回来吗？”艾丹问，当时院子里只有他俩。保利早就知道会有这话，而且猜到会由艾丹说出来，因为艾丹是老大。“我只是问问，”艾丹说，“随口问问。”

*

她拉风箱烧泥炭，看着火光蔓延，火星迸溅又熄灭。现在还不是做安排的时候，甚至不适合谈论这些事。没有比这更不合时宜的了，她庆幸他们都意识到了这点。葬礼过后，凯文跟哈提根聊了几句，她从他们的姿势看出，已经做了某些临时的安排。

会写信的。弗兰西斯说她会写，艾丹也说会写。莎伦会替凯文写，总是这样。米娜会写。不管他们在哪里停车告别，都会谈论这件事，以后还会写信。

“坐下吧，保利，坐下吧。”她说，儿子进屋来，带进一股寒气。

她又说，金纳利神父主持得很出彩。她昨天在车里就对两个女儿这么说过，今天早晨又对凯文和艾丹说过。保利应该听见了，但她就是愿意再说一遍。她觉得这样更好。

“啊，是的，”保利说，“确实很出彩。”

他已经接管了。她可以感觉到他已经接管了，出去看小母牛是否安好，昨晚和今晨他记得要挤牛奶，就一言不发地去挤了。她注视着他慢慢脱掉橡胶靴，把它们放在门边。他把雨衣挂在门上挂雨衣的钉子上，穿着袜子，一只手提着鞋子走到炉火前。她扭过脸去，这样他就不会发现她想起了父亲生前也是这样走进厨房。

“小母牛看上去还好吧？”她说。

“嗯，还好，还好。”

“今年他对它们很满意。”

“是啊，确实不赖。”

“还是一样，眼下什么都卖不出价钱。”

他点点头。他当然知道光景不好，羊和牛都不像一年前那么好卖了，什么都不景气，你简直不相信会有这么萧条。

“准备睡觉吧。”她说。

“好的。”

她把米娜早先捡来的鸡蛋洗了洗，刷去上面的污迹，把蛋壳擦干净，堆在碗里。鸡蛋可以让他们维持下去，还有剩下来的咸肉片和冰箱里的半锅炖汤。“够一个大部队吃的！”凯文看着冰箱内部很深的空间，说道。她提醒他，存货必须充足，以免天气变得恶劣。

“如果没有它可怎么办呢？”她说，指的是冰箱。他们从卡斯林的店里买了半扇猪，只吃掉了肚子上的一部分肉。“羊肉够吃到世界末日的。”

“卡斯林一家最近怎么样？我在葬礼上没看见莫林。”

“莫林嫁给了特拉里的一个男人。后来就住在那儿了。”

“那人是谁？”

“在一家鞋店干活。”

本来可以去参加婚礼的，但每年的那个时候谁都不愿意腾出时间来。哈提根一家去了。他们想带她一起去，她拒绝了。

“哈提根回来时喝醉了，你真该看看他那副熊样！那新娘子身上的霜简直能把炉火扑灭！”

“他明天要开车下山，会来接我。”

锅里的咸肉片、黑布丁和炸面包已经准备好了。她往油里打了两个鸡蛋，煎好后翻了个身，因为他喜欢反面也煎到。她把盘子放在他面前，他吃之前喝了一口茶。他说：

“你一个人不行。肯定不行。”

“现在不是说这个的时候，保利。”

“我回来吧。”

他开始吃了，蛋黄在盘子里流淌。他把黑布丁和那片焦脆的肥咸肉留到最后。他一贯都是这么做的。

“哈提根还会过来。挤奶的事我自己能干。大多数活儿我都能应付。卡斯林一家也会过来关照我。”

“你不能这么生活。”

“他们是邻居，保利。以前他们需要帮助的时候，他也出过力。我注意到在墓地里凯文跟哈提根聊了几句。肯定说了什么，跟哈提根不会白聊。凯文以后会告诉我的。”

“你需要有人来赡养。”

“你有你自己的生活，保利。”

“你的情况就是这样。”

他默默地吃了几分钟，然后喝光了倒给他的茶。

“我要递交辞呈，得把这段时间的活儿干完。一个月吧。”

“不管做什么都要想清楚，保利。”

*

保利不是一个容易怨恨的人，他心中并无怨恨：回到农庄并不是世界末日。世界末日是在明格小酒吧得知农庄生活对帕茨·菲奴坎没有吸引力的时候。

那天，他刚一提到结婚，就知道不该开这个口。帕茨·菲奴坎像一只灵巧的小灰狗一样逃走了。她几乎没听清他的话，他不会说别的：“啊，没事，没关系。”紧张加上烈啤酒，正是烈啤酒使他提出了这个建议，而话一出口，她就不可能回头：在她扭过头去之前，温柔的灰眼睛里已经再明白不过了。“那我就不回去，”他说，把事情弄得更糟糕了，“我没有你就不回去。”

葬礼过后，他们再次坐在明格小酒吧里时，保利还想挽回。他想重新开始，可是没有结果。到了他辞工前的第三个星期，帕茨·菲奴坎跟邮局的一个职员好上了。

*

在院子里，她把谷子撒出去喂鸡，想起自己第一次做这件事的时候内心忐忑不安，不知道婚后的生活会怎么样。她的担忧不是没有道理：她没有想到她在这个家里的地位完全是谦卑和顺从，有时候说出的话、发生的事刺伤了她的心，使她默默垂泪。然而时间慢慢流逝，把看似不可改变的也改变了。一方面，老人逐渐衰弱，另一方面，做母亲使她建立了自信。在这个家里，角色互换了。

不管保利最终带到这间厨房、这个家里的是个怎样的媳妇，她都不愿意看到那样的痛苦。她会让关系轻松一些，从一开始就退居二线，并心甘情愿。只可惜莫林·卡斯林嫁给了那个鞋店的人，其实莫林·卡斯林跟保利倒是很般配的。当然啦，莫林还有妹妹。

保利离开后的几个星期里，她如期收到了信，米娜和弗兰西斯写来的，儿媳妇莎伦代表凯文写来的，以及艾丹写来的。所有的内容都很简单，最后一次表达了没有说出来的期望，用不同的笔迹表达了四遍。艾丹说他和保利谈过了。谢谢你们惦记我，她写回信，把这话也写了四遍。

哈提根仍是经常过来，有两次他姐姐也陪着，坐在她的厨房里，哈提根在院子里帮忙干些重活。“米娜家有地方给你住吗？”有

他似乎从未离开过，熟门熟路、很有效率地开始干每天的活。什么也没有忘记——小母牛的冬饲料，院子周围的那些零活，靠山的栅栏可能会有缺口，以及需要多久赶羊上山一次，怎样维护保养拖拉机。似乎，他的存在虽然经常被忽视，但他却比两个哥哥更用心地观察父亲干活，这倒是她以前没有想到的。“这些日子他会为你感到骄傲的。”她有一次说，但保利不置可否，她也就忍住没有再说。大田曾是父亲引以为豪的，如今成了他的。田的南边还有一块狭长的地，可以清理出来耕种，他说，并带她出去指给她看新围墙会砌在哪里。一个温暖的六月早晨，他们站在阳光下，他指指点点地说着，两只牧羊犬顺从地站在旁边。他调养牧羊犬很有一套，就像父亲生前一样。

每三个星期，他就像父亲以前那样，开车带她下山去庄北格，因为她自己没有学过开车。父亲经常等在科伦超市的停车场，她去采购，但保利每次都跟她一起进去。他推购物车，有时她给他一份清单，他把东西一样样从架子上拿下来。“去看看那个好吗？”有一次他这么提议，当时他们正经过双屏娱乐中心，其实装修前只是一家电影院。她不想去，她说。她从没去过电影院，不管是以前，还是成为双屏娱乐中心之后。对她来说电视就够了。“你愿意从卡斯林家挑一个姑娘吗？”她说。

他挑了她们中间大一点的那个，艾琳，从那以后傍晚经常开车下去，跟她一起在麦克格拉斯船长酒吧坐坐。后来艾琳宣布，她在特拉里的姐姐听说报刊杂货亭有个空缺，她那次去特拉里走亲戚时，实际上已经得到了那个职位，于是他们的关系结束了。

“你知道她早就有那样的打算吗？”保利的母亲听说后问他，他说算是吧。她本来以为，看情形艾琳·卡斯林——笨拙而反应迟钝——会成为这个家里的媳妇，因为她姐姐莫林已经没戏了，而保利似乎并不介意。保利对这件事没有多谈，但是艾琳离开后不久，他就对科伦超市收银台的一位姑娘产生了兴趣。

“找个星期天，你把梅弗带出来玩玩吧？”母亲建议，他们的关系有了进展，去过双屏剧场，傍晚一起喝过酒，就像当时跟艾琳·卡斯林一样。梅弗比艾琳稍微活泼一点。配他也可以了。

可是梅弗一直没有来农庄。在科伦超市，保利把购物车推向了别的收银出口，尽管梅弗那儿排队的人更少。母亲没有问为什么。他有自己的生活，她不断提醒自己。他有自己的隐私，凭什么没有呢？“他真是你的好儿子！”一个星期天做过弥撒，保利正在发动汽车时，金纳利神父说道，“有了这样的结果，对你来说再好不过了，是不是？”

她知道是这样，心怀感激地道了谢。保利比晚年的父亲更有精力，每天干活的时间更长，如果天黑得晚，他会一直干到夜里。

“不知道我是不是跟她说过话。”当他开始跟卡斯林家剩下的那个女儿约会时，她说。看上去倒蛮懂事的。

*

“啊，随便，什么都行。”卡斯林家三姐妹中最小的一个，每当保利告诉她在放什么电影，问她想看哪部时，总是这么说。光线暗下来后，他等了一会儿才用胳膊把她搂住，以前他对她的两个姐姐和梅弗也是这么做的。他跟帕茨·菲奴坎没能发展到这一步。

保利的母亲在安妮·卡斯林身上看到的懂事，是以一种务实的形式表现出来的。在她强壮、皮实的天性里，很少多愁善感。她是卡斯林三姐妹中个子最高，也是块头最大的一个，黑头发被烫卷了，五官轮廓分明，一副想要跟对方叫板的样子——偏大的鼻子，阔嘴巴，眼睛看人一眨不眨。保利带她出去了六七次，她坦言说想在小镇上生活。她在路边的麦克格拉斯酒吧干过，在加油站给人加过油。“天哪，我真不知道你怎么受得了沼泽地里的日子。”没等保利有机会问她是否有兴趣嫁到农庄去，她就这么说。实在不行，到庄北格去也可以，她说。六个月后，她在化肥厂找到了工作。

保利去跟别的姑娘约会，可是这时大家都知道他是想找人结婚了，一个接一个找借口拒绝。一天早晨，保利在钉栅栏，哈提根把丰田车停在门边，突然意识到了这个事实。他什么也没说，哈提根是经常把话藏在心里的。

“要下雨了，哈提根先生？”保利问他。

“我第一次看见你妈妈时，”哈提根说，不愿谈论天气，“她在灌木丛上晾床单。那年我六岁，在外面追野兔。”

“时间不短了。”

“我没跟你说过？”

保利不明白谈话的意思，茫然地摇摇头。他又敲了敲扎在地里的那根栅栏。哈提根说：

“我可以把大田接过来。”

“哦，不用，不用。”

怪不得他停车。他可能听见榔头敲桩子的声音，特意开车下来，认为这是个谈话的好机会。

“我不想卖地，哈提根先生。”

“卖了地不是对你也有好处吗？对一个年轻人来说，这算什么生活？”

保利什么也没说。他摸摸桩子，看结实了没有。又拿起榔头敲了三下才满意。

“你需要有个伴儿，小伙子。”哈提根说完，就把车退出大门，开回山上去了。

*

哈提根小姐谈到这件事之后，她一直没理这个茬，但现在躲不过去了。保利告诉她帕莎·菲奴坎的事时，她感到欣慰，很高兴他没有藏在心里。其他的事情她也心知肚明：哈提根自己就是因环境所迫沦为光棍，如今他想利用同样的情形，低价买到土地。谁能责怪他呢？她对自己说。但尽管如此，她怀疑保利——这么随和、厚道——以后也会变成那样，也会变得像他父亲那样倔强，像哈提根那样贪婪。

“我去米娜家，”她说，“那儿有地方住。”

“哦，那儿没地方。”

“他们会给我安排的。”

“这里才有地方。”

“你需要结婚，保利。每个男人都需要。”

“他会花一整天用拖拉机搬开一块大石头。他会在沼泽地里开一道沟，增加半米田地。他从不在乎一件事要花多长时间。”

“这正是我们要谈的事，保利。”

“如果让哈提根买去，不出一年这房子里就会跑进羊群，门板会被拆掉，拿去派别的用场，接下来就是大风把石板掀开。牛羊都在大田里吃草，吃得不剩一根草叶。沼泽会蔓延进来。没有人会管的。”

“你当时并不知道回来会过什么样的生活。”

“噢，我知道，我知道。”

他体贴地说了假话。你会告诉自己他脾气随和。当他告诉她菲奴坎那个姑娘的事时，他说生活就是这样。算了吧，他说。你经常会忘记他其实并不随和。她经常忘记。

“没必要，保利。”

“有必要。”

他声音很轻，说完之后那三个字就悬在那里，于是她意识到，虽然是她的孀居使他回到这里，但此刻他坚持留下却并非因为她的孀居。她可以没完没了地跟他摆事实讲道理，而他现在不会走了。

“你心肠好，保利。”她说，因为没有别的话可说了。

他摇摇头，黑头发从这边甩到那边。“呵，哪里。”

“就是，就是好，保利。”

当她自己的死期来临，她的另外几个孩子又会同时回来。棺材会被抬下陡陡的楼梯，搬进院子里的货车，送葬的队伍会穿过庄北格的街道，第二天会有弥撒。然后他们就会离开，留下保利守在农庄。

“等我指给你看。”他说，领她走到另外半码田地，指点着告诉她是怎么做的。他指出临时竖起的围墙，那些红色瓦楞铁来自许多年前的那个旧牲口棚。

“了不起，”她说，“真了不起，保利。”

山上飘来薄雾，柔软而轻缈，上面的云团渐渐变黑。斯里文纳库什的山顶看不见了。在沼泽地上方的什么地方，一只鸟在叫。

“下毛毛雨了，进去吧。”他们在那里站了几分钟后，他说。

“你自己也别在外面待太久，保利。”

负疚感是多余的，跟善良也没有关系。她的孀居和变动时期的情绪全都无关紧要，只是一个始终存在的大计划的一次小小波动。坚韧的、恒久不变的大山在等待着他，等待着认领属于它们的一分子。

读书人

SHORT CLASSICS
短经典精选

短经典精选系列

走在蓝色的田野上
〔爱尔兰〕克莱尔 · 吉根 著 马爱农 译

爱，始于冬季
〔英〕西蒙 · 范 · 布伊 著 刘文韵 译

爱情半夜餐
〔法〕米歇尔 · 图尼埃 著 姚梦颖 译

隐秘的幸福
〔巴西〕克拉丽丝 · 李斯佩克朵 著 闵雪飞 译

雨后
〔爱尔兰〕威廉 · 特雷弗 著 管舒宁 译

闯入者
〔日〕安部公房 著 伏怡琳 译

星期天
〔法〕伊莱娜 · 内米洛夫斯基 著 黄荭 译

二十一个故事
〔英〕格雷厄姆 · 格林 著 李晨 张颖 译

我们飞
〔瑞士〕彼得 · 施塔姆 著 苏晓琴 译

时光匆匆老去
〔意〕安东尼奥 · 塔布齐 著 沈萼梅 译

不中用的狗
〔德〕海因里希 · 伯尔 著 刁承俊 译

俄罗斯套娃
〔阿根廷〕比奥伊 · 卡萨雷斯 著 魏然 译

避暑
〔智利〕何塞 · 多诺索 著 赵德明 译

四先生
〔葡〕贡萨洛 · 曼努埃尔 · 塔瓦雷斯 著 金文彭 译

房间里的阿尔及尔女人
〔阿尔及利亚〕阿西娅 · 吉巴尔 著 黄旭颖 译

拳头
〔意〕彼得罗·格罗西 著 陈英 译

烧船
〔日〕宫本辉 著 信誉 译

吃鸟的女孩
〔阿根廷〕萨曼塔·施维伯林 著 姚云青 译

幻之光
〔日〕宫本辉 著 林青华 译

家庭纽带
〔巴西〕克拉丽丝·李斯佩克朵 著 闵雪飞 译

绕颈之物
〔尼日利亚〕奇玛曼达·恩戈兹·阿迪契 著 文敏 译

迷宫
〔俄罗斯〕柳德米拉·彼得鲁舍夫斯卡娅 著 路雪莹 译

奇山飘香
〔美〕罗伯特·奥伦·巴特勒 著 胡向华 译

大象
〔波兰〕斯瓦沃米尔·姆罗热克 著 茅银辉 易丽君 译

诗人继续沉默
〔以色列〕亚伯拉罕·耶霍舒亚 著 张洪凌 汪晓涛 译

狂野之夜：关于爱伦·坡、狄金森、马克·吐温、詹姆斯和海明威最后时日的故事（修订本）
〔美〕乔伊斯·卡罗尔·欧茨 著 樊维娜 译

父亲的眼泪
〔美〕约翰·厄普代克 著 陈新宇 译

回忆，扑克牌
〔日〕向田邦子 著 姚东敏 译

摸彩
〔美〕雪莉·杰克逊 著 孙仲旭 译

山区光棍
〔爱尔兰〕威廉·特雷弗 著 马爱农 译

格来利斯的遗产
〔爱尔兰〕威廉·特雷弗 著 杨凌峰 译

终场故事集

〔爱尔兰〕威廉·特雷弗 著 杨凌峰 译

令人反感的幸福

〔阿根廷〕吉列尔莫·马丁内斯 著 施杰 译

炽焰燃烧

〔美〕罗恩·拉什 著 姚人杰 译

美好的事物无法久存

〔美〕罗恩·拉什 著 周嘉宁 译

魔桶

〔美〕伯纳德·马拉默德 著 吕俊 译